张心远·编

古诗

陕西新华出版 三秦出版社

图书在版编目（CIP）数据

　　古诗 ／ 张心远编 . -- 2 版 . -- 西安 ：三秦出版社，
2008.04（2024.1 重印）
　　（国学百部文库）
　　ISBN 978-7-80628-042-3

　　Ⅰ．①古… Ⅱ．①张… Ⅲ．①古典诗歌－作品集－中
国－汉代 Ⅳ．① I222.734

　　中国版本图书馆 CIP 数据核字（2008）第 032707 号

书　　　名　古　诗
作　　　者　张心远 编
责　　　编　鱼治文
封面设计　新华智品

出版发行　三秦出版社
社　　　址　西安市雁塔区曲江新区登高路 1388 号
电　　　话　（029）81205236
邮政编码　710061
印　　　刷　北京一鑫印务有限责任公司
开　　　本　680×1020　1/16
印　　　张　9
字　　　数　155 千字
版　　　次　2008 年 4 月第 2 版
印　　　次　2024 年 1 月第 2 次印刷
标准书号　ISBN 978-7-80628-042-3

定　　　价　39.80 元
网　　　址　http://www.sqcbs.cn

前　言

中国古代诗歌历史悠久，源远流长，繁花似锦，佳作如云。

"古诗"，一般指唐代近体诗形成以前的各类诗歌。古诗的格律比较自由不拘对仗、平仄。押韵宽，除七言柏梁体句句押韵外，一般都是隔句押韵，韵脚可平可仄，也可换韵，篇幅长短不限。

《诗经》是我国最早的一部诗歌总集，在先秦被称为《诗》或《诗三百》，分属于"风""雅""颂"三部分。《风》是十五个地区的土风民谣；《雅》是王朝都城附近正统的乐歌；《颂》则是王室敬天颂祖的舞曲。三百年后，在江南楚地"楚辞"出现了，这是中国诗歌的第二次大繁荣。在《诗经》《楚辞》之后，汉代诗歌流传至今的仍颇为可观。从其体制上看，则主要有汉乐府诗和不入乐府的五七言诗两类。"乐府"原是一种音乐机构的名称。魏晋以后，乐府才从一个音乐机构的名称转变为一种诗体的名称。汉乐府民歌的艺术成就，首先在叙事方面；其次，在诗歌形式方面，突破了《诗经》《楚辞》的格式，创造了形式自由的杂言诗。汉代的乐府诗是对诗体的又一次解放，且对汉代五言诗的产生有很大的影响。

《古诗十九首》最早见于梁昭明太子萧统《文选》。东汉后期，描写羁旅愁怀的游子之歌，便构成了《古诗十九首》的主要内容。

魏晋南北朝是文学的自觉时代，诗歌史也展开了崭新的一页。以"三曹"父子和"建安七子"为代表的诗人，慷慨任气，磊落使才，高扬个性，形成使唐人仰慕不已的"建安风骨"。

除此之外还有阮籍、嵇康、左思、陆机、陶渊明、谢灵运、谢朓、庾信等著名的诗人。南朝民歌的缠绵多情和北朝民歌的苍凉刚劲，是我国诗歌园苑中的奇花异卉。

本书精选先秦至南北朝时期的数十首较有代表性的优秀诗篇进行译注，诗中难懂的字、词、句我们都作了详细明确的注释；译文尽可能采用直译的方式，以便与原文对照。选辑不求面面俱到，只以脍炙人口、传诵遐迩为入选标准，尽可能网罗我国传统古诗的名篇佳作。

自知对古诗并无更多的研究，不当之处敬请读者予以批评指正。

编　者
2008 年 8 月

經典
火器

古

诗

目　录

目

录

古

诗

古

诗

古

诗

关 雎

《诗经·周南》

关关雎鸠[1]，在河之洲[2]。窈窕淑女[3]，君子好逑[4]。

参差荇菜[5]，左右流之[6]。窈窕淑女，寤寐求之[7]。求之不得，寤寐思服[8]。悠哉悠哉[9]，辗转反侧。

参差荇菜，左右采之。窈窕淑女，琴瑟友之[10]。

参差荇菜，左右芼之[11]。窈窕淑女，钟鼓乐之。

【注释】

〔1〕关关：雌雄两鸟和鸣声。雎（jū）鸠：水鸟名，即王雎，一般雌雄同居。

〔2〕洲：水中陆地。

〔3〕窈窕（yǎo tiǎo）：（女子）文静而美好。淑：美，善。

〔4〕好逑（qiú）：好配偶。

〔5〕参差（cēn cī）：长短不齐。荇（xìng）菜：一种浮在水面上的植物，可食。

〔6〕流：求取，撷取。

〔7〕寤（wù）：睡醒。寐（mèi）：睡着。

〔8〕思服：思念。

〔9〕悠哉悠哉：犹言"想啊想啊"。

〔10〕琴瑟：古代的一种弦乐器。友：动词，亲近，结交。

〔11〕芼（mào）：择取。

【译文】

在那河中的小沙洲上，一对雎鸠鸟相互啼鸣唱和。美丽娴静的女子，是男子渴望的好配偶。

参差不齐的荇菜，少女忽左忽右地采摘。美丽娴静的女子，小伙子日夜都想追求你。追求不到，他睡梦中都在想念。绵绵不尽的思念，翻来覆去难以入眠。

参差不齐的荇菜，少女左右来回采摘。美丽娴静的女子，小伙子要弹着琴瑟来亲近你。参差不齐的荇菜，少女翩翩来回采摘。美丽娴静的女子，小伙子要敲着鼓来取悦你。

硕　人

《诗经·卫风》

硕人其颀〔1〕，衣锦褧衣〔2〕。齐侯之子〔3〕，卫侯之妻〔4〕。东宫之妹〔5〕，邢侯之姨〔6〕，谭公维私〔7〕。

手如柔荑〔8〕，肤如凝脂〔9〕，领如蝤蛴〔10〕，齿如瓠犀〔11〕，螓首蛾眉〔12〕。巧笑倩兮〔13〕，美目盼兮〔14〕。

硕人敖敖〔15〕，说于农郊〔16〕。四牡有骄〔17〕，朱幩镳镳〔18〕，翟茀以朝〔19〕。大夫夙退〔20〕，无使君劳。

河水洋洋〔21〕，北流活活〔22〕。施罛濊濊〔23〕，鳣鲔发发〔24〕，葭菼揭揭〔25〕。庶姜孽孽〔26〕，庶士有朅。

【注释】

〔1〕硕人：美人，指卫庄公的夫人庄姜。颀（qí）：修长。

〔2〕衣：第一个"衣"字作动词用，即"穿衣"。锦：有花纹的衣服。褧（jiǒng）衣：麻织品做的外衣。罩在外面防止路尘用。

〔3〕齐侯：指齐庄公。子：女儿。

〔4〕卫侯：卫庄公。

〔5〕东宫：太子之宫，指齐太子得臣。

〔6〕邢：国名，在今河北邢台。姨：妻子姊妹为姨。即邢侯妻与庄姜为姊妹。

〔7〕谭：国名，故址在今山东济南市东南。维：为，是。私：女子谓姊妹之

夫为私。谭公维私，即谭公是庄姜姊妹的丈夫。

〔8〕荑（tí）：植物初生的嫩芽。

〔9〕凝脂：凝结的脂膏，形容肌肤细腻光润。

〔10〕蝤蛴（qiú qí）：天牛的幼虫，体形圆长，乳白色。这里形容颈脖长而白。

〔11〕瓠犀（hù xī）：葫芦的籽。葫芦籽洁白而整齐，用以形容牙齿好看。

〔12〕螓（qín）：一种像蝉的昆虫，其头部宽广方正，此形容额头宽阔。蛾：蚕蛾，其触须长，以形容眉毛细长弯曲。

〔13〕倩：笑时脸颊很美。

〔14〕盼：眼珠黑白分明的样子。

〔15〕敖敖：高大的样子。

〔16〕说（shuì）：停留。农郊：近郊。按古代礼节，诸侯夫人进入国境，大夫要到郊外迎接。

〔17〕四牡：匹匹雄马。骄：强壮的样子。

〔18〕朱帻（fén）：装饰马口的红绸。镳镳（biāo biāo）：飘扬。

〔19〕翟：山鸡。茀：蔽，遮盖。翟茀：用山鸡羽毛装饰（车子）。朝：朝见。

〔20〕夙：早。大夫夙退，谓卫国大夫们早些退下；无使君劳，谓不要使卫侯过于劳累。言外之意：别耽误了他的良辰美景。

〔21〕河：黄河。洋洋：水盛大的样子。

〔22〕活活（guō guō）：水流声。

〔23〕施罛（gū）：张网。罛：鱼网。濊濊（huò）：撒网入水声。

〔24〕鳣（zhān）：鲤鱼。鲔（wěi）：鲟鱼。发发：鱼跳动发出的声音。

〔25〕葭（jiā）：芦苇。菼（tǎn）：荻，似芦苇。揭揭：长长的样子。

〔26〕庶：众多。庶姜，古时贵族女出嫁，常以姊妹或宗室之女作为陪嫁。庶姜，即众姜氏姊妹。孽孽（niè）：众多的样子。

〔27〕庶士：送嫁的齐国诸臣。朅（jié）：威武的样子。

【译文】

美人庄姜身材修长，锦服外罩着罗衣，以防风尘。她是齐侯的爱女，卫君的娇妻，东宫太子的胞妹，邢侯的小姨，谭公是她的妹婿。

她的手指像刚发出的嫩芽，纤纤柔嫩；皮肤似凝结的脂膏，光洁白晰；脖颈如同蝤蛴，圆洁修长；牙齿像瓠瓜籽，洁白整齐。额头宽广方正，眉毛弯弯秀长。乖巧的笑颜现出迷人的酒窝，美丽的双眸顾盼神飞。

美人庄姜高高的个子，停车休息在城郊。四匹驾车的公马骠肥雄壮。马嘴边的红绸随风飘扬。彩色羽毛装饰的轿车将上朝，大臣们无事应及早退下，不要让国君太辛劳。

滔滔的黄河水，滚滚流向北。哗哗地撒下渔网，鲤鱼鲟鱼纷纷跳跃进来。河边的芦荻郁郁葱葱，陪嫁的姑娘簇拥着庄姜，随从的诸臣威武雄壮。

伐　檀

《诗经·魏风》

坎坎伐檀兮[1]，置之河之干兮[2]，河水清且涟猗[3]。不稼不穑[4]，胡取禾三百廛兮[5]？不狩不猎[6]，胡瞻尔庭有悬貆兮[7]？彼君子兮[8]，不素餐兮[9]！

坎坎伐辐兮[10]，置之河之侧兮，河水清且直猗[11]。不稼不穑，胡取禾三百亿兮[12]？不狩不猎，胡瞻尔庭有悬特兮[13]？彼君子兮，不素食兮！

坎坎伐轮兮，置之河之漘兮[14]，河水清且沦猗[15]。不稼不穑，胡取禾三百囷兮[16]？不狩不猎，胡瞻尔庭有悬鹑兮[17]？彼君子兮，不素飧兮[18]！

【注释】

〔1〕坎坎：伐木声。檀（tán）：檀树，木质坚硬，可作车料。

〔2〕干：岸。

〔3〕涟（lián）：水因风而起波纹。猗（yī）：助词，相当于"兮"。

〔4〕稼：种植庄稼。穑（sè）：收获庄稼。

〔5〕胡：何，为什么。禾：谷物。三百：极言其多。三百廛（chán）：三百户。这里指诸侯大夫收取三百户的谷物。

〔6〕狩（shòu）：冬猎。狩猎：打猎。

〔7〕瞻：看，看见。庭：庭院。貆（huán）：猪獾（huān），动物名。

〔8〕彼：那个，那些。君子：对男子的尊称，这里含讽刺意义。

〔9〕素餐：白吃饭。这里讽刺当时统治者的不劳而获。

〔10〕辐：车轮轴心和外圈之间的连接直木。此指伐檀木为车辐。

〔11〕直：波纹直，指起细浪。

〔12〕亿：古代十万为亿，极言其多。

〔13〕特：三岁的野兽，大兽。

〔14〕漘（chún）：水边。

〔15〕沦：起水纹。

〔16〕囷（qūn）：圆形粮仓，今人称囤。

〔17〕鹑（chún）：鹌鹑。

〔18〕飧（sūn）：熟食。

【译文】

　　叮叮当当砍檀树啊，把它们放到河的岸上，河水清澈而且泛起波纹。不耕种也不收割，为什么会得到谷米三百户啊？不捕兽也不捉禽，为什么看到你的院里挂有猪獾啊？那班"大人先生"呀，不能白用餐啊！

　　叮叮当当砍木做车辐啊，把它们放到河的旁边，河水清澈而且波纹舒展。不耕种也不收割，为什么会得到谷米三百堆啊？不捕兽也不捉禽，为什么看到你的院里挂有大野兽啊？那班"大人先生"呀，不能白进食啊！

　　叮叮当当砍木做车轮啊，把它们放到河的岸边，河水清澈而且泛起微波。不耕种也不收割，为什么会得到谷米三百囷啊？不捕兽也不捉禽，为什么看到你的院里挂有鹌鹑啊？那班"大人先生"呀，不能白吃饭啊！

硕　鼠

《诗经·魏风》

　　硕鼠硕鼠[1]，无食我黍[2]！三岁贯女[3]，莫我肯顾[4]。逝将去女[5]，适彼乐土[6]。乐土乐土，爰得我所[7]。

硕鼠硕鼠，无食我麦！三岁贯女，莫我肯德[8]。

　　逝将去女，适彼乐国。乐国乐国，爰得我直[9]。

　　硕鼠硕鼠，无食我苗！三岁贯女，莫我肯劳[10]。

　　逝将去女，适彼乐郊。乐郊乐郊，谁之永号[11]？

【注释】

　　[1] 硕：大。

　　[2] 无：同"毋"。黍（shǔ）：小米，与下文"麦"、"苗"都泛指粮食作物。

　　[3] 三岁：多年。贯：事，供养，侍奉。女：通"汝"，你。

　　[4] 莫我肯顾：宾语前置句，意为不肯顾念我。下文"莫我肯德"、"莫我肯劳"都是这样的倒装句。

　　[5] 逝：语首助词，无意义。一说，逝同"誓"，表坚决之意。去：离开。女：通"汝"，以下用法相同。

　　[6] 适：往。乐土：指无硕鼠为害的地方。下文"乐国"、"乐郊"意义相同。

　　[7] 爰（yuán）：乃。所：处所。

　　[8] 德：此作动词用，谓感德。

　　[9] 直：通"值"，指应有的价值。

　　[10] 劳：慰劳。

　　[11] 永：长。号：哭号。

【译文】

　　大老鼠啊大老鼠，别再吃我的黍子！三年供养你，你都不曾顾念我，我将要离开你，到那快乐的地方。快乐的地方啊快乐的地方啊，那里才是我安身的住所！

　　大老鼠啊大老鼠，别再吃我的麦子！三年供养你，你都不曾给我恩惠。我将要离开你，到那安乐的国家。安乐的国家啊安乐的国家，那里才能得到我的劳动报酬！

　　大老鼠啊大老鼠，别再吃我的禾苗！三年供养你，你都不愿给我慰劳。我将要离开你，到那舒心的乐郊。舒心的乐郊啊舒心的乐郊，还会有谁长声哭号！

采 薇

《诗经·小雅》

采薇采薇[1]，薇亦作止[2]。曰归曰归[3]，岁亦莫止[4]。靡室靡家[5]，狁之故[6]。不遑启居[7]，狁之故。

采薇采薇，薇亦柔止[8]。曰归曰归，心亦忧止。忧心烈烈[9]，载饥载渴[10]。我戍未定[11]，靡使归聘[12]。

采薇采薇，薇亦刚止[13]。曰归曰归，岁亦阳止[14]。王事靡盬[15]，不遑启处[16]。忧心孔疚[17]，我行不来[18]。

彼尔维何[19]？维常之华[20]。彼路斯何[21]？君子之车[22]。戎车既驾[23]，四牡业业[24]。岂敢定居[25]？一月三捷[26]。

驾彼四牡，四牡骙骙[27]。君子所依[28]，小人所腓[29]。四牡翼翼[30]，象弭鱼服[31]。岂不日戒[32]？狁孔棘[33]。

昔我往矣，杨柳依依[34]。今我来思[35]，雨雪霏霏[36]。行道迟迟[37]，载渴载饥。我心伤悲，莫知我哀[38]！

【注释】

〔1〕薇（wēi）：野碗豆苗，可食。

〔2〕亦：语助词。作：生，指初生。止：语助词。

〔3〕曰归：说归。

〔4〕莫：通"暮"，指年终。

〔5〕靡（mǐ）：没有。室、家：指家庭生活。靡室靡家：指长期在外，像没

有家一样。

〔6〕玁狁（xiǎn yǔn）：北狄，西周时住在西北方的少数民族，即后来的匈奴族。

〔7〕遑（huáng）：闲暇。启：跪，危坐。居：通"踞"，安坐。古人席地而坐，故有危坐、安坐之分。凡坐皆两膝着地，挺直腰部，臀离足为"启"；臀枕足跟为"居"。

〔8〕柔：柔嫩。"柔"比"作"更进一步生长。

〔9〕烈烈：炽烈，形容忧心如火烧。

〔10〕载饥载渴：又饥又渴。

〔11〕戍：防守。定：止。

〔12〕靡：没有。使：使者。聘：问，问候。

〔13〕刚：粗硬。指豆苗长老了。

〔14〕阳：夏历十月。

〔15〕王事：指国家戍守大事。靡盬（gǔ）：没有止息。　盬：停息。

〔16〕启处：意同"启居"。

〔17〕孔：很，甚。疚（jiù）：病，苦痛。

〔18〕来：归来。

〔19〕尔：通"苶"（ěr），花盛开的样子。维：语助词。此句说：那盛开着的是什么？

〔20〕常：常棣，即棠棣，一种木本植物，花开时下垂。华：花。

〔21〕路：通"辂"（lù），高大的车。斯：语助词。

〔22〕君子：此指将帅。

〔23〕驾：指马强壮威武的样子。

〔24〕牡：雄马。业业：壮大的样子。

〔25〕定居：固定驻扎。

〔26〕捷：接，指接战、交战。此句谓：一月多次行军交战。

〔27〕骙骙（kuí）：战马强壮威武的样子。

〔28〕依：乘坐。

〔29〕腓（féi）：庇，掩护。

〔30〕翼翼：整齐安闲的样子。谓马训练有素。

〔31〕象：用象牙嵌饰。弭（mǐ）：弓两端系弦的部位，常用象牙、牛角嵌饰。鱼服：鱼皮制的箭袋。此句言主帅的武器。

〔32〕日戒：日日戒备。

〔33〕孔棘：很紧急。棘：急。

〔34〕依依：柳枝随风摆动的样子。此二句言当时出征时的景象。

〔35〕来：归来。思：语助词。

〔36〕霏霏（fēi）：雪下得很大的样子。

〔37〕迟迟：迟缓，形容道路漫长，老走不到。

〔38〕莫：没有人。

【译文】

采薇菜呀采薇菜，薇菜刚刚发出新芽。回家乡呀回家乡，眼看又到年终底。有家等于没有家，为跟猃狁去厮杀。无暇安居终日忙碌，为跟猃狁去厮杀。

采薇菜呀采薇菜，薇菜嫩芽已经长大。回家乡啊回家乡，心里忧闷多牵挂。心中忧愁似火烧，又饥又渴实在难熬。戍边征战无定处，无法托人传家信。

采薇菜呀采薇菜，薇菜越长越坚硬。回家乡啊回家乡，转眼又到十月小阳春。官家差役没个完，无暇回家去安身。满怀忧愁心病添，此番征战难以生还。

什么花儿开得茂盛？棠棣花开炫丽耀目。高大的兵车谁来乘坐？将帅驱驰乘战车。驾起兵车去出征，四匹壮马一齐奔腾。边地哪敢图安居？一月三战不停蹄。

驾起四匹雄壮的公马，四匹公马神气飞扬。将帅威然傍立车旁，兵士凭它作为隐蔽。四匹马儿多么整齐，鱼皮箭袋象牙弓梢。哪敢不天天警惕，猃狁入侵很是紧急！

回想当年离家时，杨柳依依随风飘动。如今归来的途中，大雪纷纷漫天飞舞。道路泥泞漫长难行，又渴又饥真是劳累。满心凄凉满怀悲伤，如此的哀伤无人能够体会！

湘　君

屈　原

　　君不行兮夷犹^{〔1〕}，蹇谁留兮中洲^{〔2〕}？美要眇兮宜修^{〔3〕}，沛吾乘兮桂舟^{〔4〕}。令沅湘兮无波^{〔5〕}，使江水兮安流。望夫君兮未来^{〔6〕}，吹参差兮谁思^{〔7〕}？

　　驾飞龙兮北征^{〔8〕}，邅吾道兮洞庭^{〔9〕}。薜荔柏兮蕙绸^{〔10〕}，荪桡兮兰旌^{〔11〕}。望涔阳兮极浦^{〔12〕}，横大江兮扬灵^{〔13〕}。扬灵兮未极^{〔14〕}，女婵媛兮为余太息^{〔15〕}。横流涕兮潺湲^{〔16〕}，隐思君兮陫侧^{〔17〕}。

　　桂櫂兮兰枻^{〔18〕}，斲冰兮积雪^{〔19〕}。采薜荔兮水中，搴芙蓉兮木末^{〔20〕}。心不同兮媒劳^{〔21〕}，恩不甚兮轻绝^{〔22〕}。石濑兮浅浅^{〔23〕}，飞龙兮翩翩^{〔24〕}。交不忠兮怨长^{〔25〕}，期不信兮告余以不闲^{〔26〕}。

　　朝骋骛兮江皋^{〔27〕}，夕弭节兮北渚^{〔28〕}。鸟次兮屋上^{〔29〕}，水周兮堂下^{〔30〕}。捐余玦兮江中^{〔31〕}，遗余佩兮醴浦^{〔32〕}。采芳洲兮杜若^{〔33〕}，将以遗兮下女^{〔34〕}。时不可兮再得^{〔35〕}，聊逍遥兮容与^{〔36〕}！

【注释】

〔1〕君：指湘君。夷犹：犹豫，迟疑。

〔2〕蹇（jiǎn）：楚语中的发语词。中洲：洲中。洲是水中陆地。

〔3〕要眇：眇目媚视，形容目光流盼，美好的样子。宜修：修饰得恰到好处。

〔4〕沛：形容船行迅速。桂舟：用桂木造的船。此句写驾快船去接湘君。

〔5〕沅湘：沅水和湘水，均在今湖南省。无波：不生波浪。

〔6〕夫：语助词。

〔7〕参差（cēn cī）：即"篸篸"，洞箫，一说排箫。谁思：思谁。

〔8〕飞龙：快船名。北征：北行。

〔9〕邅（zhān）：转，指改变航向。洞庭：洞庭湖。此句言转道洞庭湖北行。

〔10〕薜荔（bì lì）：香草名。柏：附着。蕙：兰草类，亦名薰草、佩兰。绸：借作"帱"，帐子。

〔11〕荪（sūn）：香草名。桡（ráo）：船桨。旌：旗。此二句言飞龙船上的华美装饰。

〔12〕涔（cén）阳：地名，在涔水北岸，今湖南澧县有涔阳浦，在洞庭湖和长江之间。极浦：遥远的水边。

〔13〕横大江：横渡长江。扬灵：显扬自己的精诚。灵：指精诚。

〔14〕未极：未至，未到达。

〔15〕女：侍女。婵媛（chán yuán）：关心多情的样子。余：我。太息：长长地叹息。

〔16〕横：横溢。潺湲（chán yuán）：缓缓而流。

〔17〕隐：暗暗地。俳侧（fēi cè）：同悱恻，内心悲痛。

〔18〕櫂（zhào）：同"棹"，长的船桨。枻（yì）：短的船桨。

〔19〕斲（zhuó）：砍。

〔20〕搴（qiān）：拔。芙蓉：莲花。木末：树梢。薜荔长于陆地，芙蓉生于水中；水中采薜荔，树上采芙蓉，比喻徒劳无功。

〔21〕媒：媒人。此句说：心意不同，媒人奔走也是徒劳。

〔22〕恩不甚：恩情不深。轻轻：轻易断绝。

〔23〕濑（lài）：沙石间的流水。浅浅：水流声。

〔24〕翩翩：飞快的样子。

〔25〕交不忠：指湘君与己相交不忠。怨长：怨恨久长。

〔26〕期：约会。不信：不守信，不践约。不闲：不得空闲。

〔27〕鼌：同"朝"。骋：马直驰。骛：马乱驰。皋：水旁高地。

〔28〕弭（mǐ）：停。节：鞭。渚：水中小块陆地。

〔29〕次：停宿。

〔30〕周：环绕；这两句写环境的荒凉。

〔31〕捐：弃。玦（jué）：玉饰。

〔32〕遗：丢下。佩：玉佩。醴（lǐ）：同"澧"，澧水。在湖南，注入洞庭湖。这两句写湘夫人把玦与佩抛入水中，表示决绝。

〔33〕芳洲：长有芳草的水洲。杜若：香草名。

〔34〕遗（wèi）：赠送。下女：地位卑下的女子，即侍女。

〔35〕时不可兮再得：时间不会倒流。

〔36〕聊：姑且。容与：舒缓的样子。

【译文】

[神饰湘君上] 夫人啊！你老是不肯来，犹犹豫豫，将为谁在水中的洲渚上逗留？眼睛一眇一眇的呵，又有一张漂亮的笑口，我坐了那飞

快的桂舟！我令沅水湘水无波，我使大江缓缓地流。我且行且望，夫人呵，仍是不来，我吹起了洞箫，你想我心中思念的是谁？

驾着我这飞龙似的船儿，拨转我的船向，从洞庭往北移。薜荔香草做了舱里壁衣，蕙绸做了帷子，香荪做的船桨，芳兰做的旗。指望着涔阳极北的水涯，横过了这个大江呵，我的灵舟飞扬而驰，我的飞扬而去的船，还未到达目的地呵，夫人的侍女已经痛恻婉转地向我哀伤叹息。［侍女上唱］湘夫人正为君涕泪如注，暗自相思着你湘君呵，在室的西北角幽隐之处。

［湘君唱］使动了我的桂桨与兰棹，船划水而行，好似斫冰推雪。但我枉劳了，好像是在水中去采薜荔之草，而在木梢子上去摘荷花。不同心的人啊，只劳苦了媒人的唇舌，恩情不深呵，极易断绝。石滩上的流水流得疾，我的飞龙船飞得急。相交不忠诚呵，惹人怨恨不断，约期不守信呵，反告我没有空闲。

早晨看见你在江边上奔驰，向晚又见你停在北岸水湄。现在呢，只看见鸟儿息在你的屋上，水儿流在你的堂垂。把我的玉玦投于江水之中，把我的玉佩投在醴水之浦。采摘杜若在芳渚，用以谢谢你这位下女。［侍女下］时间一去再也得不着。我要去逍遥自在，舒散这悲苦的情绪。

国　殇

屈　原

操吴戈兮被犀甲[1]，车错毂兮短兵接[2]。旌蔽日兮敌若云[3]，矢交坠兮士争先[4]。凌余阵兮躐余行[5]，左骖殪兮右刃伤[6]。霾两轮兮絷四马[7]，援玉枹兮击鸣鼓[8]。天时坠兮威灵怒[9]，严杀尽兮弃原野[10]。

出不入兮往不反〔11〕，平原忽兮路超远〔12〕。带长剑兮挟秦弓〔13〕，首身离兮心不惩〔14〕。诚既勇兮又以武〔15〕，终刚强兮不可凌〔16〕。身既死兮神以灵〔17〕，魂魄毅兮为鬼雄〔18〕！

【注释】

〔1〕吴戈：吴国所铸造的戈，以锋利著称。此处指精良兵器。被：通"披"。犀甲：犀牛皮做的战衣。

〔2〕错：交错。毂（gǔ）：车轮中心贯轴圆木。短兵：指刀剑等短兵器。

〔3〕若云：像云一样多。

〔4〕交坠：交相坠落。士：战士。

〔5〕凌：侵犯。躐（liè）践踏。行（háng）：行列。

〔6〕骖：在两旁驾车的马。殪（yì）：倒地而死。右：右骖。刃伤：被兵刃所伤。

〔7〕霾（mái）：通"埋"，埋没。絷（zhì）：绊住。

〔8〕援：拿起。玉枹（fú）：玉饰的鼓槌。

〔9〕天时坠：天地昏暗欲坠。威灵怒：鬼神震怒。

〔10〕严杀：鏖战痛杀。弃原野：骸骨弃在原野。

〔11〕反：通"返"，即返回。

〔12〕忽：迅速的样子。

〔13〕秦弓：秦地所产的弓。秦地以产良弓著名。

〔14〕惩：悔恨，戒惧。

〔15〕勇：指精神英勇。武：指孔武有力。

〔16〕终：到头。

〔17〕神以灵：神灵显赫。

〔18〕毅：刚毅。鬼雄：鬼中雄杰。

【译文】

身披坚韧的犀甲，手持锋利的吴戈，这是短兵相接的白刃战，无数战车的车轴犬牙相错。旌旗漫卷，遮蔽了太阳，敌军就像天上的乌云，人数众多，勇猛的战士呵，争先冲杀，流矢纷纷坠落。敌军冲过来了，冲过了我军的阵地，疯狂的铁蹄，践踏着我军的列行。一辆战军的左马已死，右马也被刀刃刺伤。两只车轮深陷入土地。四匹战马已绊绕在一起。拿起鼓槌呵！将战鼓擂响。天昏地暗呵！日月无光。伏尸遍野呵！全部阵亡。

壮士从军呵！一去不复还。渺茫的原野呵！路途遥远。佩带长剑呵挟秦弓，首身相离呵心不可惩。果然是武力神勇，壮志刚强呵不可欺凌。身已死呵化神灵，魂魄也要为鬼雄。

涉　江

屈　原

　　余幼好此奇服兮[1]，年既老而不衰。带长铗之陆离兮[2]，冠切云之崔嵬[3]。被明月兮珮宝璐[4]。世溷浊而莫余知兮[5]，吾方高驰而不顾[6]。驾青虬兮骖白螭[7]，吾与重华游兮瑶之圃[8]。登昆仑兮食玉英[9]，与天地兮同寿，与日月兮齐光。哀南夷之莫吾知兮[10]，且余济乎江湘[11]。

　　乘鄂渚而反顾兮[12]，欸秋冬之绪风[13]。步余马兮山皋[14]，邸余车兮方林[15]。乘舲船余上沅兮[16]，齐吴榜以击汰[17]。船容与而不进兮[18]，淹回水而凝滞[19]。朝发枉陼兮[20]，夕宿辰阳[21]。苟余心其端直兮[22]，虽僻远之何伤[23]！

　　入溆浦余儃佪[24]，迷不知吾所如[25]。深林杳以冥冥兮[26]，乃猿狖之所居[27]。山峻高以蔽日兮[28]，下幽晦以多雨。霰雪纷其无垠兮[29]，云霏霏而承宇[30]。哀吾生之无乐兮，幽独处乎山中。吾不能变心而从俗兮，固将愁苦而终穷[31]。

　　接舆髡首兮[32]，桑扈裸行[33]。忠不必用兮，贤不必以[34]。伍子逢殃兮[35]，比干菹醢[36]。与前世而皆然兮[37]，吾又何怨乎今之人！余将董道而不豫兮[38]，固将重昏而终身[39]。

　　乱曰[40]：鸾鸟凤皇[41]，日以远兮。燕雀乌鹊，巢堂坛兮[42]。露申辛夷[43]，死林薄兮[41]。

腥臊并御^[45]，芳不得薄兮^[46]。阴阳易位^[47]，时不当兮^[48]。怀信侘傺^[49]，忽乎吾将行兮^[50]。

【注释】

〔1〕奇服：奇伟的服饰，喻志行高洁，与众不同。

〔2〕长铗（jiá）：长剑。陆离：参差貌，形容剑的高低摆动。

〔3〕冠：戴（帽子）。切云：高冠名，高摩青云的意思。崔嵬（wěi）：高耸的样子。

〔4〕被：通"披"。明月：夜光珠。珥：通"佩"，佩带。璐：美玉。

〔5〕溷（hùn）浊：混浊。莫余知："莫知余"的倒装句。

〔6〕高驰：远走高飞。顾：回头。

〔7〕虬（qiú）：传说中有角的龙。骖（cān）：在两边驾车的马，这里用作动词，"驾"的意思。螭（chī）：无角的龙。

〔8〕重华：舜名。瑶：美玉。圃：园圃。

〔9〕玉英：玉树的花。

〔10〕南夷：南方未开化的人，即楚人。这里指楚国统治集团。

〔11〕旦：清晨。济：渡。江：长江。湘：湘水。

〔12〕乘：登上。鄂渚：地名，在今湖北武昌沿江一带。

〔13〕欸（ài）：叹。绪风：余风。

〔14〕山皋：傍水依山的高地。

〔15〕邸（dǐ）：停放。方林：地名。

〔16〕舲（líng）船：有窗的船。上：溯流而上。沅：沅水，在湖南省。

〔17〕齐：一齐划。吴榜：大的船桨。一说即吴地制造的船桨。汰（tài）：水波。

〔18〕容与：缓慢前进的样子。

〔19〕淹：停留。回水：回旋的水流。凝滞：停止不动。

〔20〕枉陼（zhǔ）：地名，在今湖南常德市南。陼：通"渚"。

〔21〕辰阳：地名，在今湖南辰溪县。

〔22〕端直：正直。

〔23〕僻远：指处在偏僻边远的地方。

〔24〕溆（xù）浦：地名，在今湖南溆浦县。儃佪（chán huái）：徘徊。

〔25〕如：往。

〔26〕杳（yǎo）：深远。冥冥：昏暗的样子。

〔27〕狖（yòu）：古书上说的一种猴。

〔28〕蔽日：遮蔽太阳，极言山高。

〔29〕霰（xiàn）：雪珠。垠（yín）：边际。

〔30〕霏霏：盛多的样子。承宇：上承屋宇。一说"宇"指天宇，阴云弥漫天空。

〔31〕终穷：穷困到底。

〔32〕接舆：春秋末楚国的隐士。髡（kūn）首：剃去头发，古代刑罚之一。传说接舆自髡其首，避世不仕。

〔33〕桑扈：古代隐士。裸行：赤身露体行走。

〔34〕以：用。

〔35〕伍子：伍子胥，吴国贤臣，忠于吴国，却被吴王夫差所逼自杀。

〔36〕比干：殷纣时贤臣，因进谏被纣所杀。菹醢（zū hǎi）：剁成肉酱。这里作残杀解。菹：切碎。醢：肉酱。

〔37〕与：举。

〔38〕董道：正道。豫：犹豫。

〔39〕重昏：为重重黑暗所包围。

〔40〕乱：乐曲的末章，终篇的结语。

〔41〕鸾鸟：凤类的鸟，比喻贤臣。

〔42〕巢：结巢。堂坛：殿堂庭院，比喻朝廷。

〔43〕露申：瑞香花。辛夷：香木名，初春开花。

〔44〕薄：草木交错浓密的地方。

〔45〕御：进用。

〔46〕薄：靠近。

〔47〕阴：黑暗，喻小人。阳：光明，喻贤人。易位：变换位置。

〔48〕时不当：屈原自伤生不逢时。

〔49〕怀信：怀抱忠信。侘傺（chà chì）：失志的样子。

〔50〕忽：恍惚。

【译文】

我从小就对奇装异服特别喜好，到如今年岁已老，兴趣却丝毫不减。腰挎长长的陆离宝剑，头戴高高的切云冠帽，佩带着明亮的明月珠和珍贵的美玉。这个混浊污秽的世界，没人能理解我的清高，我也要远远地离开这个世界的喧闹。让有角的青龙驾辕，配上无角的白龙拉套，我将和舜同游美玉的园圃。登上巍峨的昆仑山，品尝玉花的佳肴。我要与天地比寿，我将如日月星辰一样将万物照耀。可叹楚国这些不开化的人，对此却全不知道。哦！我就要渡过湘江，告别故土惆惆——就在明日的清晓。

登上鄂渚的山岗，蓦然回首，慨然惆怅：唉！那冬末的残风萧瑟作响。放松我的马儿，让它漫步山岗；停息我的车儿，让它在芳林待航。

乘坐美丽的小船，沿着沅江溯流而上。船夫们齐力举起双桨，船儿啊！徘徊不进，在回旋的涡流里徜徉。清晨时我从枉陼出发，傍晚时落宿于辰阳。只要我的心端正坦荡，再偏远些又有何妨？

抵达溆浦，我徘徊在旋转的山岗。怅惘迷茫，不知应走向何方。幽深的森林，昏暗无光。这里是猿猱出没之地，高峻奇险的山峰，将太阳的光彩遮蔽。山下幽暗阴森，时时笼罩着烟雨。细微的小雪珠纷飞而下，无际无垠。浓云密布，一直上达天宇。唉！我的一生正如眼前的景色，笼罩在阴霾里而缺少欢乐。然而我不能改变我的初衷，所以命运注定，愁苦将伴随我的一生。

想那前代的隐士接舆曾自己剃发，那贤明的隐士桑扈也曾裸体而行。忠诚者不一定能得到重用，贤达者不一定能得到敬重。你看那忠心耿耿的伍子胥，还不是遭受祸殃？那贤达忠诚的王叔比干，最后竟被剁成肉酱。今天与历史一模一样，我又何必怨恨当今的君王？

尾声：那神鸟鸾与凤凰，一天天地飞远。那小麻雀黑乌鸦，却占据了殿宇祭坛。香美的露申、辛夷，死在草木交错的丛林。腥臊恶臭的气味，迷漫在神圣的殿堂。芳香美好的花草，却没有立足的地方。阴与阳，明与暗都换了位置，我生不逢时，而被流放。我心中满怀着忠诚，却郁闷失意，难以实现理想。哦哦！我要走了，走了，走向远方。

易 水 歌

荆 轲

风萧萧兮易水寒[1]，壮士一去兮不复还！

【注释】

〔1〕萧萧：风声。易水：水名，源出今河北省易县，是当时燕国的南界。

【译文】

大风萧萧啊易水寒冷，壮士一旦离去啊再不回还！

大 风 歌 [1]

刘 邦

大风起兮云飞扬，威加海内兮归故乡 [2]，安得猛士兮守四方！安得猛士兮守四方 [3]！

【注释】

〔1〕公元195年，刘邦平定了英布的叛乱，途经故乡沛县，邀集父老乡亲饮宴。酒酣时，刘邦击筑高歌，唱了这首《大风歌》，表达他统一天下的壮志豪情。

〔2〕威加海内兮归故乡：威：威势、威力。加：施加。海内：四海之内，即天下。按：《史记·项羽本纪》与《汉书·项籍传》均载，项羽曾说过，富贵后若不回故乡夸耀，则有如穿着锦绣衣装夜间行路，别人看不到。此前此后，类似的情况与心态表露还有不少，甚至衍生出"衣锦夜行"的成语，并当作典故使用。刘邦在这里表现的也是这种心态。

〔3〕安：哪里。

【译文】

大风骤起呵云雾飞扬，扬威天下呵归还故乡，从哪里求得英勇之士呵，为我镇守四方！

垓 下 歌

项 羽

力拔山兮气盖世 [1]，时不利兮骓不逝 [2]。骓不逝兮可奈何，虞兮虞兮奈若何 [3]！

【注释】

〔1〕力拔山：形容力大。兮：语气助词，相当于"啊"。气：气概。

〔2〕时：时势。骓（zhuī）：毛色青白间杂的马。此指项羽骑坐的战马。不逝：不能奔驰向前。

〔3〕虞：项羽的爱妾虞姬。若：你。全句言：虞姬啊，虞姬啊，你将怎么办呢？

【译文】

力可拔山啊气可盖世，可时运不济啊宝马也难再奔驰；宝马不奔驰啊还有什么办法，虞姬呀虞姬呀我该如何安排你！

焦仲卿妻并序

无名氏

汉末建安中〔1〕，庐江府小吏焦仲卿妻刘氏〔2〕，为仲卿母所遣〔3〕，自誓不嫁。其家逼之，乃投水而死。仲卿闻之，亦自缢于庭树。时人伤之，为诗云尔。

　孔雀东南飞，五里一徘徊〔4〕。"十三能织素，十四学裁衣，十五弹箜篌〔5〕，十六诵诗书。十七为君妇，心中常苦悲。君既为府吏，守节情不移〔6〕。鸡鸣入机织，夜夜不得息，三日断五匹〔7〕，大人故嫌迟〔8〕。非为织作迟，君家妇难为。妾不堪驱使，徒留无所施〔9〕。便可白公姥〔10〕，及时相遣归。"

　府吏得闻之，堂上启阿母："儿已薄禄相，幸复得此妇。结发同枕席〔11〕，黄泉共为友。共事二三年，始尔未为久。女行无偏斜，何意致不厚〔12〕？"阿母谓府吏："何乃太区区〔13〕！此妇无礼节，举动自专由〔14〕。吾意久怀忿，汝岂得自由！东家有贤女，自名秦罗敷。可怜体无比〔15〕，阿母为汝求。便可速遣之，遣去慎莫留！"府吏长跪告，伏惟启阿母："今若遣此妇，终老不复取〔16〕！"阿母得闻之，槌床便大怒〔17〕："小子无所畏，何敢助妇语！吾已失恩义，会不相从许！"

府吏默无声，再拜还入户。举言谓新妇〔18〕，哽咽不能语："我自不驱卿〔19〕，逼迫有阿母。卿但暂还家，吾今且报府〔20〕。不久当归还，还必相迎取。以此下心意〔21〕，慎勿违吾语。"新妇谓府吏："勿复重纷纭〔22〕！往昔初阳岁〔23〕，谢家来贵门。奉事循公姥〔24〕，进止敢自专？昼夜勤作息〔25〕，伶俜萦苦辛〔26〕，谓言无罪过，供养卒大恩。仍更被驱遣，何言复来还？妾有绣腰襦，葳蕤自生光〔27〕。红罗复斗帐〔28〕，四角垂香囊。箱帘六七十〔29〕，绿碧青丝绳。物物各自异，种种在其中。人贱物亦鄙，不足迎后人〔30〕。留待作遗施〔31〕，于今无会因。时时为安慰，久久莫相忘。"

鸡鸣外欲曙，新妇起严妆〔32〕。着我绣夹裙，事事四五通〔33〕。足下蹑丝履〔34〕，头上玳瑁光。腰若流纨素〔35〕，耳著明月珰。指如削葱根，口如含朱丹〔36〕。纤纤作细步，精妙世无双。上堂谢阿母，母听去不止。"昔作女儿时，生小出野里，本自无教训，兼愧贵家子。受母钱帛多〔37〕，不堪母驱使。今日还家去，念母劳家里。"

却与小姑别〔38〕，泪落连珠子："新妇初来时，小姑始扶床；今日被驱遣，小姑如我长。勤心养公姥，好自相扶将。初七及下九〔39〕，嬉戏莫相忘。"出门登车去，泪落百余行。

府吏马在前，新妇车在后，隐隐何甸甸〔40〕，俱会大道口。下马入车中，低头共耳语："誓不相隔卿，且暂还家去，吾今且赴府。不久当还归，誓天不相负。"新妇谓府吏："感君区区怀〔41〕。君既若见录〔42〕，不久望君来。君当作磐石，妾当作蒲苇[43]。蒲苇纫如丝，磐石无转移。我有亲父兄[44]，性行暴如雷，恐不任我意，逆以煎我怀[45]。"举手长劳劳[46]，二情同依依。

　　入门上家堂，进退无颜仪。阿母大拊掌[47]："不图子自归！十三教汝织，十四能裁衣，十五弹箜篌，十六知礼仪，十七遣汝嫁，谓言无誓违[48]。汝今无罪过，不迎而自归？"兰芝惭阿母："儿实无罪过。"阿母大悲摧[49]。

　　还家十余日，县令遣媒来，云"有第三郎，窈窕世无双。年始十八九，便言多令才[50]"。阿母谓阿女："汝可去应之。"阿女含泪答："兰芝初还时，府吏见丁宁，结誓不别离。今日违情义，恐此事非奇[51]。自可断来信[52]，徐徐更谓之。"阿母白媒人："贫贱有此女，始适还家门，不堪吏人妇，岂合令郎君？幸可广问讯，不得便相许。"

　　媒人去数日，寻遣丞请还[53]。说"有兰家女[54]，承籍有宦官[55]"。云"有第五郎，娇逸未有婚[56]，遣丞为媒人，主簿通语言[57]"。直说"太守家，有此令郎君，既欲结大义[58]，故遣来贵门"。阿母谢媒人："女子先有誓，老姥岂敢言？"阿兄得闻之，怅然心中烦。举言谓阿妹："作计何不量？先嫁得府吏，后嫁得郎君，否泰如天地[59]，足以荣汝身。不嫁义郎体[60]，其往欲何云？"兰芝仰头答："理实如兄言。谢家事夫婿，中道还兄门。处分适兄意，那得自任专？虽与府吏要[61]，渠会永无缘[62]。登即相许和[63]，便可作婚姻。"媒人下床去，诺诺复尔尔[64]。还部白府君："下官奉使命，言谈大有缘。"府君得闻之，心中大欢喜。视历复开书[65]："便利此月内，六合正相应[66]。良吉三十日，今已二十七，卿可去成婚[67]。”

交语速装束[68]，络绎如浮云。青雀白鹄舫[69]，四角龙子幡[70]，婀娜随风转。金车玉作轮，踯躅青骢马[71]，流苏金镂鞍[72]。赍钱三百万[73]，皆用青丝穿。杂彩三百匹，交广市鲑珍[74]。从人四五百，郁郁登郡门。阿母谓阿女：“适得府君书，明日来迎汝。何不作衣裳？莫令事不举！”阿女默无声。手巾掩口啼，泪落便如泻。移我琉璃榻[75]，出置前窗下。左手持刀尺，右手执绫罗。朝成绣裌裙，晚成单罗衫。晻晻日欲暝[76]，愁思出门啼。

府吏闻此变，因求假暂还。未至二三里，摧藏马悲哀[77]。新妇识马声，蹑履相逢迎。怅然遥相望，知是故人来。举手拍马鞍，嗟叹使心伤：“自君别我后，人事不可量。果不如先愿，又非君所详。我有亲父母[78]，逼迫兼弟兄。以我应他人，君还何所望！”府吏谓新妇：“贺卿得高迁！磐石方且厚，可以卒千年[79]；蒲苇一时纫，便作旦夕间。卿当日胜贵[80]，吾独向黄泉。”新妇谓府吏：“何意出此言！同是被逼迫，君尔妾亦然。黄泉下相见，勿违今日言！”执手分道去，各各还家门。生人作死别，恨恨那可论！念与世间辞，千万不复全。

府吏还家去，上堂拜阿母：“今日大风寒，寒风摧树木，严霜结庭兰。儿今日冥冥[81]，令母在后单。故作不良计[82]，勿复怨鬼神！命如南山石，四体康且直[83]。”阿母得闻之，零泪应声落：“汝是大家子，仕宦于台阁[84]。慎勿为妇死，贵贱情何薄！东家有贤女，窈窕艳城郭[85]。阿母为汝求，便复在旦夕。"府吏再拜还，长叹空房中，作计乃尔立^[86]。转头向户里，渐见愁煎迫。

  其日牛马嘶^[87]，新妇入青庐^[88]。庵庵黄昏后^[89]，寂寂人定初。"我命绝今日，魂去尸长留。"揽裙脱丝履，举身赴清池。府吏闻此事，心知长别离。徘徊庭树下，自挂东南枝。两家求合葬，合葬华山傍^[90]。东西植松柏，左右种梧桐。枝枝相覆盖，叶叶相交通^[91]。中有双飞鸟，自名为鸳鸯，仰头相向鸣，夜夜达五更。行人驻足听，寡妇起彷徨^[92]。多谢后世人^[93]，戒之慎勿忘！

【注释】

〔1〕建安：汉献帝刘协的年号（196－219）。

〔2〕庐江：汉代郡名，在今安徽省境内。

〔3〕遣：女子出嫁后被夫家休弃回娘家。

〔4〕孔雀东南飞，五里一徘徊：这是全诗的起兴。古代民歌常用"双白鹄"等大鸟来暗示夫妻别离，如《双白鹄》、《艳歌何尝行》中也有类似的"五里一返顾，六里一徘徊"的描述，给读者听者一种悲凉的感觉。

〔5〕箜篌（kōng hóu）：古代弦乐器，体曲而长，有23根弦。

〔6〕守节情不移：指焦仲卿忠于职守，不为夫妇之情所移。此句下另一版本有"贱妾留空房，相见常日稀"两句。

〔7〕断：把织好的布帛从织机上剪截下来。

〔8〕故：故意。

〔9〕施：用。

〔10〕公姥（mǔ）：公婆。从全诗看，仲卿的父亲已不在，所以这里"公姥"是偏义复词，指婆母。

〔11〕结发：束发，古时男子20岁束发加冠，女子15岁束发加笄（笄ī，束发用的簪子），表示成年。

〔12〕不厚：不喜爱。

〔13〕区区：谓见识浅薄，没有出息。

〔14〕自专由：自作主张。

〔15〕可怜：可爱。

〔16〕取：通"娶"。

〔17〕槌：拍打，拍击。床：古时一种坐具。

〔18〕新妇：犹"媳妇"。

〔19〕卿：你，仲卿对兰芝的爱称。

〔20〕报府：回太守府办公。报：赴。

〔21〕下心意：低心下气，降心忍受。

〔22〕重纷纭：再麻烦。

〔23〕初阳岁：冬末春初。

〔24〕奉事：行事。循：遵循。

〔25〕作息：偏义复词，指操作。

〔26〕伶俜（líng pīng）：孤单。萦苦辛：为辛苦所缠绕。

〔27〕葳蕤（wēi ruí）：草木茂盛的样子，喻指衣服刺绣之美。

〔28〕复斗帐：形如覆斗的双层小帐。

〔29〕帘：通"奁"，镜匣。

〔30〕后人：指仲卿可能再娶的妻子。

〔31〕遗（wèi）施：赠送，赠与。

〔32〕严妆：端整束装。

〔33〕通：遍。

〔34〕蹑（niè）：踩，指穿鞋。

〔35〕腰若流纨素：束腰的精美白绢如同水波荡漾。

〔36〕朱丹：一种红宝石。含朱丹丹：形容嘴唇的红润。

〔37〕钱帛：指聘礼。

〔38〕却：退。

〔39〕初七：七夕。下九：古代以每月十九日为下九，初九日为中九，二十九日为上九，妇女常在下九日在家置酒玩耍，叫"阳会"。

〔40〕稳稳、甸甸：象声词，形容车声。何：语助词。

〔41〕区区怀：诚挚的爱心。

〔42〕见录：对我怀念，记着我。

〔43〕蒲苇：水草。

〔44〕父兄：偏义复词，指兄。

〔45〕逆：反对。煎我怀：使我心里痛苦。

〔46〕劳劳：忧伤的样子，特指别离时忧伤貌。

〔47〕拊掌：拍手，这里表示惊讶。

〔48〕誓违：或疑"誓"为"諐"字之误，即古"愆"字；愆违：过失。

〔49〕悲摧：悲伤。

〔50〕便（pián）言：有口才，善辞令。令才：美才。

〔51〕非奇：不妙，不好。

〔52〕断来信：回绝媒人。信：使者，指媒人。

〔53〕寻：不久。丞：县丞，是县令的下属官吏。"寻遣丞请还"：指县丞

奉县令之派因事去请示太守，回来向县令复命。

〔54〕兰家女：指兰芝。

〔55〕承籍：继承先人的仕籍、官籍。

〔56〕娇逸：俊美非凡。

〔57〕主簿：官名，郡、县中掌文书簿籍的官吏。这里指郡府主簿。

〔58〕结大义：联姻。

〔59〕否泰：坏运和好运，坏和好。

〔60〕义郎：对太守五公子的美称。

〔61〕要：约。

〔62〕渠：他。

〔63〕登即：当即。

〔64〕尔尔：如此。

〔65〕视历复开书：翻查历书、婚嫁历等。

〔66〕六合：阴阳家所指吉利日辰的说法，以子与丑合，寅与亥合，卯与戌合，辰与酉合，巳与申合，午与未合为六合。

〔67〕成婚：指准备婚事。

〔68〕交语：交相传语。装束：筹办婚礼所需。

〔69〕青雀白鹄（hú）舫：船首画有青雀和白鹄图形的船。

〔70〕龙子幡：画着龙形的旗。

〔71〕青骢马：毛色青白相间的马。

〔72〕流苏：用丝或羽毛作成的下垂的缨子。

〔73〕赍（ī）：送，付。

〔74〕交：交州，汉郡名，今广东、广西等地。鲑（xié）珍：泛指山珍海味。

〔75〕琉璃榻：镶嵌着琉璃的坐具。

〔76〕晻晻：日落时昏暗的样子。

〔77〕摧藏：或以为是"悽怆"的假借字，即伤心。

〔78〕父母：这里指母（偏义复词）。

〔79〕卒：终。

〔80〕日胜贵：一天比一天富贵。

〔81〕日冥冥：黄昏日暮，喻指自己途穷日暮，将要了结此生。

〔82〕不良计：不好的打算，指自杀。

〔83〕四体：四肢。直：舒适。

〔84〕台阁：指尚书台，这里泛指高官。

〔85〕艳城郭：全城之中最美。

〔86〕作计：指决计自杀。乃尔：就这样。立：决定。

〔87〕牛马嘶：形容车马声喧的热闹情况。

〔88〕青庐：以青布为幔的帐屋，行婚礼用。

〔89〕庵：通"晻"，昏暗。

〔90〕华山：或谓指今安徽省舒城县南的华盖山，或非确指某山。

〔91〕交通：相连。

〔92〕寡妇：古今异义词，指古代独居的妇女。

〔93〕谢：告诉。

【译文】

汉末建安年间，庐江太守府小吏焦仲卿的妻子刘氏，被仲卿母亲休回娘家，发誓不再另嫁他人。她的娘家逼她再嫁，她就投水而死。仲卿听到这个消息以后，也吊死在院中树上。当时的人都很同情他们，就作了一首诗来记述这件事。

孔雀向东南方飞翔，每飞五里就徘徊返顾。"十三岁起学织丝绢，十四便学裁剪衣服。十五学习弹奏箜篌，十六岁就学诵诗书。十七做了你的媳妇，内心不由十分悲楚。你在太守府当小吏，勤勤恳恳呆在官署。我早晨鸡叫开始机织，每天深夜不得安宿。三天要织成五匹帛，婆母嫌慢说不够数。不是我的织作太慢，不好当呵你家媳妇。我既不堪你家驱使，徒然留下没有用处。你现在向婆母禀白，不如及时把我遣出。"

府吏听了这番情由，来到正屋禀白阿母："儿子命相本来太薄，幸喜娶了这房媳妇。自从成年结婚同居，誓愿生死友爱相处。共同生活两三年来，百年之好开始起步。媳妇行为没有偏斜，待她不厚是何缘故？"母亲开口告知府吏："你怎这般见识浅薄？这个媳妇没有礼节，行为举止自专自主。我的心里早就不满，你不要想说了作数。东邻有个贤慧姑娘，芳名叫做秦氏罗敷。十分可爱美貌无双，阿母替你下聘作主。这个媳妇赶快休弃，千万不可把她留住。"府吏长跪苦苦求告，郑重恭谨禀知母亲："现在若是遣归此妇，我一辈子不再结婚。"阿母听了儿子这话，顿足拍床十分气愤："你这小子真真大胆，竟敢帮着媳妇说话。我对她已恩尽义绝，你的要求断难应允！"

府吏听了默默无语，再拜之后回到房里。面对妻子勉强开口，哽哽咽咽不得言语："我本不肯把你驱遣，无奈母亲极力逼迫。你今只好暂回娘家，我现在也应差归去。不久之后我就回来，我必把你再接回家。

你务必要平心静气，千万体谅我的心意。"兰芝沉静告诉府吏："那样麻烦我想不必！回想那年初春时节，告别娘家来你府第。做事遵从婆母心意，不敢自专举止克己。白天晚上操持家务，杂事不断辛苦无极。自己以为并无罪过，报答婆母一场恩典。这样仍要被驱出门，还谈什么遣而复还。我有一件绣花短袄，鲜艳漂亮遍体生光。还有红纱双层斗帐，四个角儿垂挂香囊。大箱镜匣六七十只，碧绿丝绳捆绑停当。内中物件各不相同，种种样样尽心收放。我人微贱物也鄙陋，不配拿来再给新娘。只能留下送给别人，从今以后再难相见。时时睹物也算安慰，夫妻一场长久莫忘。"

雄鸡啼鸣天要放亮，兰芝起床端整梳妆。穿上我的绣花夹裙，仔细着装反复打量。脚下一双丝织绣鞋，头上簪子玳瑁生光。素绢束腰流波曳彩，明月瓖珠耳边垂荡。十指纤纤水葱一般，如含宝石红唇鲜亮。碎步轻盈婀娜多姿，十分美妙世上无双。走上正堂拜别婆母，婆母不留任出门墙。"从前在家我做姑娘，自小生长偏野农庄。缺乏教养禀性愚顽，富贵人家本配不上。婆母给的彩礼丰厚，却难伺候婆母久长。今日我回了娘家，婆母不免多劳多忙。"

退出正房告别小姑，泪珠洒落串串成行。"兰芝刚来小姑还小，开始学步还要扶床。今日嫂子已被驱遣，你已长得同我一样。尽心侍候孝敬老母，珍重自己来日方长。七夕下九嬉戏之日，莫忘姑嫂因缘一场。"说完出门登车而去，泪流不止千百余行。

府吏骑马走在前面，兰芝坐车相跟在后。车轮隐隐甸甸作响，二人相会大道路口。府吏下马钻进车棚，靠近兰芝低头耳语："我发誓绝不离开你，你暂且回娘家等候。现在我就去太守府，过不多久我就回来，对天明誓决不相负。"兰芝回答仲卿的话："感谢你的一片情怀。既然蒙你深深挂念，但愿不久就来接我。你应当是高山磐石，我愿作那河边蒲苇。如丝蒲苇柔而坚韧，磐石也必难撼难摧。我家有位嫡亲兄长，性格举止暴怒如雷。只怕兄长不遂我愿，与我作对令人心煎。"夫妻忧伤举手久久，依依惜别两情无违。

兰芝回家走进正房，脚步迟疑无颜见人。阿母见了拍着巴掌："没想到你自己归家！十三时岁教你识字，十四岁学裁剪衣裳。十五岁便学弹箜篌，十六岁就懂得礼法。十七岁时把你嫁出，谅你不会失礼出错。如今你若没有罪过，怎会不迎而自回家？"兰芝羞惭回答阿母："女儿实在没有过失。"阿母不由悲伤不已。

兰芝归家才十几天，县令就派了媒人进家。说是县令的三公子，"英俊风流世间堪夸。年龄不过十八九岁，能说会道富有才华。"阿母进屋告知女儿，"如今可以出去作答。"兰芝含泪回答阿母："女儿当时初回娘家，府吏对我再三叮嘱，两人发誓永不离。如果有违仲卿情意，恐怕此事处理欠佳。不如先行谢绝媒人，以后的事慢慢说吧。"阿母出来告知媒人："咱这闺女生在穷家，出嫁不久回了家门，既不堪作吏人之妻，又怎配嫁郎君之家。望您多方张罗打听，我实不能就此应下。"

媒人走后没过数日，县丞刚从郡府回转。他说起"有个兰家女，家里世代为官作官"。还说"太守第五公子，尚未娶亲俊美不凡。让我前去说亲作媒，这是主簿示意要办"。县丞乃到刘宅直言："太守家中这位公子，要和你家小姐联姻，特派我来您家提亲。"阿母婉言谢绝媒人："小女已然有了誓约，老妇岂敢对她多言。"兰芝兄长听见此事，不免怅然心中烦恼，找到兰芝直接训斥："你做决定怎不思量！先嫁的不过是府中小吏，再嫁的却是太守郎君，好坏如同天上地下，婚配足以荣耀一生。太守公子都不愿嫁，以后究竟作何打算！"兰芝忽然抬头作答："哥哥说的确实有理。妹妹辞家侍奉夫婿，半路又回兄长家门。如何决定谨遵兄意，妹妹哪会任意自专。虽然曾和府吏有约，但恐怕与他见面无缘。可以马上答应婚事，也可很快办理婚礼。"媒人起身告别而去，连声称妙最好这般。回到府中禀报太守："下官奉命把婚事谈，言谈顺利大有机缘。"太守听了此番禀报，心中喜悦大为开颜。查阅皇历和婚嫁书："月内宜把婚事操办，月建日辰配合完善。三十日是吉日良辰，今天廿七还有三天，你快去把婚事筹办。"

传话下去赶快准备，人员如云络绎往还。船头画着青雀白鹄，四角悬挂绣龙旗幡，婀娜多姿随风飘转。黄金作车白玉为轮，青骢马儿步伐翩跹，流苏装点金绣马鞍。迎亲礼金三百万钱，都用青青丝绳穿连。各色彩缎三百匹整，还有交广山珍海鲜。跟随的人四五百个，浩浩荡荡齐集府前。阿母进屋告诉阿女："方才得到太守书信，明天就来接你成亲，何不赶紧缝制嫁衣，不要误时亲事不成。"兰芝听了默然无声，手巾掩口暗暗啼哭，双泪落下有如泉涌。搬出我的琉璃坐具，放在明亮窗户前面。左手拿着工具刀尺，右手拿着绫罗绸缎。早晨缝好了绣夹裙，夜晚做好了单罗衫。昏昏暗暗黑夜降临,愁思出门悲哭惨然。

　　府吏听到如此变故,请假回来打探究竟。离兰芝家有二三里,心中怆楚马也悲鸣。兰芝熟悉此马声音,脚步放轻前来相迎。怅然凝望远处来人,知道正是故人仲卿。她举起手拍着马鞍,长吁短叹使人伤情:"自从郎君离我之后,事情发展难以料想。早先打算不能如愿,仓卒间你难知其详。我有母亲健在高堂,又有横加相逼的兄长。把我许配给了别人,你回来还有何指望?"仲卿开口对兰芝说:"祝贺你得荣迁高升,我如磐石方正厚重,千年不变坚守立场,可惜蒲苇坚韧一时,旦夕之间变了心肠。你一天天荣华富贵,我当独赴黄泉路上。"兰芝听了开口相告:"你怎说出这种话来!我俩同是遭受逼迫,你是如此我亦依然。让我与你黄泉相会,不要违背今日誓言!"两人握手分道而去,各各回到自家门前。生人相对却说死别,悲苦心境无可比方。既已决定告别人间,不愿苟全在这世上。

　　仲卿回到自己家中,走上堂去拜见阿母:"今天大风风寒刺骨,凛冽寒风摧折树木,庭院兰草浓霜满目。孩儿今天途穷日暮,留下母亲形单影孤。欲寻短见有意如此,千万别把神鬼怨怒。我愿母亲寿比南山,身体康健而且舒服。"阿母听了此番言语,眼泪随声往下滴落:"你是名门大家子弟,历代为官高居台阁。千万别为女人去死,贵贱不同怎算情薄!东邻有个贤淑小姐,婀娜多姿名满城郭。阿母替你说亲托媒,早晚就能成全此事。"仲卿再拜回到屋里,空房之中长吁短叹,打定主意不愿苟活。回头顾念堂上母亲,愁思悲苦日渐煎迫。

这一天是车马声喧,新妇兰芝走进喜棚。黄昏之后天色昏沉,人声初定静静幽幽。"我的一生今天绝命,灵魂离去尸体长留。"撩起裙子脱掉丝鞋,纵身一跃赴入清池。仲卿在家听到此事,心知从此长相别离。久久徘徊庭树之下,从容自缢东南树枝。两家要求二人合葬,一起葬在华山之旁。常青松柏东西栽列,寂寞梧桐左右种上。枝枝叶叶交相覆盖,叶叶枝枝交错相连。中间有鸟双双翻飞,鸟儿本名就叫鸳鸯。仰起头来相对鸣叫,夜夜叫到五更天亮。过路行人停步谛听,独居女人难眠彷徨。殷勤告诉后世之人,以此为戒不可遗忘!

行行重行行[1]

《文选·古诗十九首》

行行重行行，与君生别离[2]。相去万余里，各在天一涯[3]。道路阻且长，会面安可知？胡马依北风[4]，越鸟巢南枝。相去日已远，衣带日已缓。浮云蔽白日，游子不顾反[5]。思君令人老，岁月忽已晚。弃捐勿复道，努力加餐饭。

【注释】

〔1〕行行重行行：意思是走个不停。这首诗出自《文选》中的"古诗十九首"，都是东汉末叶中下层知识分子学习民歌所写的五言诗，不是一人所作，也不是一时所作。本来数量不止十九首，南朝梁萧统选了十九首，收入《文选》。这首诗表达一位妇女对远离家乡的丈夫的思念之情。

〔2〕生别离：《楚辞·九歌·少司命》："悲莫悲兮生别离。"

〔3〕涯（yá）：边际。

〔4〕胡马：北方胡地所产之马。依：依傍。

〔5〕顾反：回来。反：即"返"。

【今译】

你不停地走啊走，我们从此生离死别。彼此相隔万里，天各一方音信稀。道路艰险漫长，相见遥遥无期。胡马依恋北风，越鸟到南方栖息。分别的日子越来越久，我衣带渐宽日见消瘦。浮云遮蔽了太阳的光芒，游子不归也许已将我遗忘。思念夫君催人变老，倏忽间时光流逝岁月晚。抛开念想不用多说了，我要爱惜自己努力加餐饭。

庭中有奇树〔1〕

《文选·古诗十九首》

庭中有奇树，绿叶发华滋〔2〕。攀条折其荣〔3〕，将以遗所思。馨香盈怀袖，路远莫致之〔4〕。此物何足贡〔5〕，但感别经时〔6〕。

【注释】

〔1〕奇：珍奇。这首诗写思妇面对庭中奇树而引起对远方爱人的怀念。

〔2〕发华滋：花开得很茂盛。滋，繁盛。

〔3〕荣：花。

〔4〕致：送到。

〔5〕贡：献。"贡"一作"贵"。

〔6〕别经时：分别的时间很久。经时，过了很长时间。

【今译】

庭院中有棵奇树，绿叶映衬着盛开的花朵。我攀着树枝折下花一朵，打算赠给所思念的人儿。花香扑鼻满衣袖，路途遥远难送达。此物哪值得如此珍重？只因感到离别太久，想借此花带去我的思念。

迢迢牵牛星〔1〕

《文选·古诗十九首》

迢迢牵牛星，皎皎河汉女〔2〕。纤纤擢素手〔3〕，札札弄机杼〔4〕。终日不成章〔5〕，泣涕零如雨〔6〕。河汉清且浅，相去复几许？盈盈一水间〔7〕，脉脉不得语。

【注释】

〔1〕牵牛星：又名河鼓，在天河南，与天河北的织女星相对。这首诗借牵牛织女的故事，写出了夫妇因受人为阻隔而久别的愁苦心情。

〔2〕皎皎：明亮的样子。河汉：天河。女：指织女星。

〔3〕擢：引，指从袖中伸出来。

〔4〕札札：织布时织布机发出的声音。杼（zhù）：织布机上理纬线的工具，即织布梭。

〔5〕章：指布上的经纬文理。

〔6〕零：落。

〔7〕盈盈：水清浅的样子。脉脉：凝神细看的样子。

【今译】

那边是遥远的牵牛星，这边是隔着天河亮晶晶的织女星。织女伸出白皙的玉手，机杼札札忙着织布。终日忙碌却织不出布，心里难受泪如雨下。天河之水清且浅，究竟相距有多远？盈盈一水如天堑，四目相对难开言。

有 所 思 〔1〕

《乐府诗集》

有所思，乃在大海南。何用问遗君〔2〕？双珠瑇瑁簪〔3〕，用玉绍缭之〔4〕。闻君有他心，拉杂摧烧之〔5〕。摧烧之，当风扬其灰。从今以往，勿复相思！相思与君绝。鸡鸣狗吠，兄嫂当知之。妃呼狶〔6〕，秋风肃肃晨风飔〔7〕，东方须臾高知之〔8〕。

【注释】

〔1〕这是汉鼓吹曲《铙歌十八曲》中的一篇，歌中描写女主人公热烈真挚的爱情以及她听说对方变心的愤激悔恨的思想活动。

〔2〕何用：用什么。问遗（wèi）：赠送。

〔3〕瑇瑁：即玳瑁，龟类，外壳可制装饰品。

〔4〕绍缭：缠绕。

〔5〕拉杂：杂乱不整齐，使动用法。

〔6〕妃呼豨：表声的字，无意义。

〔7〕晨风：即（zhān），鹞子一类的鸟。飔（sī）：快。

〔8〕高：通（hào），白，指天亮。

【今译】

　　心中思念的人，远在大海之南。用什么赠送他呢！两头挂珠子的玳瑁簪，再用玉缠绕。听说他变了心，连折带烧毁了它。折断烧完，当风扬其灰。从今以后，再不去想他！我只想与他断绝关系。回想当初相会，鸡鸣犬吠，兄嫂也许已经知道。唉，秋风飕飕鹞子在疾飞，过一会儿东方天亮该会拿定主意。

上　邪 [1]

《乐府诗集》

　　上邪！我欲与君相知 [2]，长命无绝衰 [3]。山无陵 [4]，江水为竭，各雷震震，夏雨雪 [5]，天地合，乃敢与君绝。

【注释】

　　〔1〕上邪：相当于“天啊！”上，指天。邪，通耶。本篇也是汉鼓吹曲《铙歌十八曲》中的一篇，是一位女子表示坚决跟她的情人相爱的誓辞。

　　〔2〕相知：相亲相爱。

　　〔3〕命：令，使。绝衰：断绝，衰减。无绝衰，即忠贞不渝。

　　〔4〕陵：山峰。

　　〔5〕雨雪：降雨。

【今译】

　　上天啊！我决心与他相亲相爱，让我们的爱情永不衰减。直到高山夷为平地，江水枯竭，冬天打起响雷，夏天降下大雪，天地重合在一起，才愿与他绝交。

短 歌 行

曹 操

对酒当歌[1]，人生几何？譬如朝露，去日苦多。慨当以慷[2]，忧思难忘[3]。何以解忧[4]？唯有杜康[5]。青青子衿[6]，悠悠我心。但为君故，沉吟至今[7]。呦呦鹿鸣[8]，食野之苹[9]。我有嘉宾，鼓瑟吹笙。明明如月，何时可掇[10]？忧从中来，不可断绝。越陌度阡[11]，枉用相存[12]。契阔谈燕[13]，心念旧恩。月明星稀，乌鹊南飞，绕树三匝[14]，何枝可依？山不厌高，海不厌深[15]，周公吐哺[16]，天下归心。

【注释】

〔1〕当：对着。

〔2〕慨当以慷："慷慨"的嵌字间隔用法，表示歌声激越不平。

〔3〕忧思：一作"幽思"，深藏的心事。

〔4〕何以：用什么。

〔5〕杜康：相传为开始造酒的人，一说黄帝时人，一说周时人。这里指酒。

〔6〕青青子衿：语出《诗经·郑风·子衿》，表示对贤才的渴慕。青衿：周代学子的服装。

〔7〕但为君故，沉吟至今：这两句有些版本缺少。但：只是。君：泛指所渴望的人才。沉吟：深情地思虑吟味、表示难以忘怀。

〔8〕呦呦鹿鸣：语出《诗经·小雅·鹿鸣》，本是宴客的诗，这里表示热情招纳贤才。

〔9〕苹：艾蒿。

〔10〕掇：通"辍"，停止。

〔11〕阡、陌：田间小路。古谚："越陌度阡，更为客主。"

〔12〕枉：枉驾，屈驾。用：以。存：存问，省视。

〔13〕契阔：投合和疏远，这里偏用"契"即投合的意思，是偏义复词。谈燕：谈心饮宴。燕：䜩，通"宴"。

〔14〕匝（zā）：周，圈。

〔15〕山不厌高，水不厌深：语本《管子·形势解》。厌：嫌。

〔16〕周公吐哺：哺：咀嚼着的食物。周公用餐时贤士到来，周公不惜三次（多次）吐掉咀嚼着的食物接待贤者。见《韩诗外传》。归心：心向一处归投，拥戴的意思。

【译文】

面对着美酒放声高歌，人生的岁月能有几何？好比是清晨的露水日出就干，可悲可叹逝去的日月已经很多。慷慨激昂地唱着歌，内心忧虑却不能遗忘。用什么来消除忧愁？只有那美酒杜康。穿青色衣领的学子，寄托着我悠长的思慕之心。就是因为渴慕贤才，焦虑吟沉直到如今。鹿儿呦呦鸣叫呼唤朋友，共享原野上找到的艾蒿。我有了尊贵的嘉宾，更会设宴鼓乐盛情款待。清明如月的博学贤才，什么时候能被我招来？我的忧虑是发自内心，日日夜夜都不会断绝。有劳您走过阡陌小路远道跋涉，枉驾而来致意问候。久别重逢欢宴畅谈，感念您还结记着旧日的恩情。月儿明亮的夜晚星辰稀疏，乌鹊寻找依托向南而飞。绕着大树飞翔三圈，不知可以依歇在哪根树枝？大山永远不会嫌高，大海也永远不会嫌深。像周公那样虚心对待贤才，一定会得到天下人的拥戴。

苦 寒 行 〔1〕

曹 操

北上太行山〔2〕，艰哉何巍巍！羊肠坂诘屈〔3〕，车轮为之摧。树木何萧瑟，北风声正悲。熊罴对我蹲〔4〕，虎豹夹路啼。谿谷少人民，雪落何霏霏。延颈长叹息〔5〕，远行多所怀。我心何怫郁〔6〕，思欲一东归〔7〕。水深桥梁绝，中路正徘徊〔8〕。迷惑失故路，薄暮无宿栖。行行日已远，人马同时饥。担囊行取薪〔9〕，斧冰持作糜〔10〕。悲彼《东山》诗〔11〕，悠悠使我哀。

【注释】

〔1〕《苦寒行》：汉乐府《相和歌·清调曲》名。建安十年（205），并州牧高干反叛，次年曹操出兵讨伐，越过太行山攻打高干，这首诗是咏叹这次远征的艰难险阻。

〔2〕太行山：起自今河南济源市，北入山西，再经河南入河北。

〔3〕羊肠坂：地名，在壶关东南。坂：斜坡。诘（ㄐ）屈：盘旋曲折。

〔4〕罴（pí）：一种大熊，体有黄白纹。

〔5〕延颈：伸长脖子，略似翘首。

〔6〕怫（fú）郁：苦恼发愁。

〔7〕东归：停止远征，一下子就掉头回东去。一说是诗人思念故乡谯郡。

〔8〕中路：半途。

〔9〕担囊：挑着行囊。取薪：砍柴。

〔10〕斧冰：用斧头砍冰。糜：稀粥。

〔11〕东山：《诗经·豳风》篇名，写远征军人还乡，旧说为周公所作。曹操这里以周公自比。

【译文】

北上登临太行山，山势崔嵬，艰险难行。盘旋在迂回曲折的羊肠坂上，行军的车轮几乎要折断。树木稀疏凋零，北风呼啸，似乎在悲鸣呜咽。满目的荒凉萧瑟，兼有野兽出没。熊罴在我对面蹲踞，虎豹在路两旁吼叫。谿谷的住民稀少，大雪纷纷扬扬，白茫茫一片望不到人烟。翘首远望长叹一声，此次远行有感慨万千。心中苦闷郁积，甚至想掉头回去，停止这徒劳的远征。河水深深，翻涌奔腾，不见有渡河的桥梁。大军在半路上徘徊，阻滞不前。原来的道路也已迷失。傍晚无栖身之处。日日行军，行军日远，将士与战马都饥肠辘辘。担着行囊砍柴，用斧头斫冰以煮粥，忆起那首《东山》诗篇，面对此情此景，更让我满怀伤忧。

观 沧 海^[1]

曹 操

东临碣石^[2]，以观沧海。水何澹澹^[3]，山岛竦峙^[4]。树木丛生，百草丰茂。秋风萧瑟，洪波涌起。日月之行，若出其中；星汉粲烂^[5]，若出其里。幸甚至哉^[6]，歌以咏志^[7]。

【注释】

〔1〕观沧海：这首诗是建安十二年（207）曹操北征乌桓时所作。乌桓是汉末辽东半岛上的少数民族，当时，袁绍被曹操战败后，其残部逃到乌桓，这次北征就是为了消灭袁绍残余势力的。沧海：沧：通"苍"，青苍色，海水呈此色，所以叫沧海。

〔2〕碣石：山名，大碣石山，原在今河北省乐亭县西南，已沉陷入海。汉时尚存。一说指河北省昌黎县的碣石山。

〔3〕澹澹（dān dān）：水波荡漾。

〔4〕竦：通"耸"。

〔5〕星汉：银河。粲：通"灿"。

〔6〕幸：吉庆，庆幸。甚：很。至：极。

〔7〕以：用以。咏：歌咏。最后两句是合乐时所加，每章结尾都有，与正文内容无关。

【译文】

东行登上碣石山顶，居高以观苍茫的大海。大海烟波浩渺，水波荡漾，山岛巍然耸立。岛上树木苍翠丛生，百草繁盛丰茂，秋风萧萧吹起，大海涌起洪波巨浪。荡荡海域与天相接，太阳月亮仿佛在大海中运行，银河灿烂闪耀也仿佛是从大海里升起。真是无比的幸运啊，让我可以用诗歌来歌咏我的志向和心情。

白 马 篇

曹 植

　　白马饰金羁[1]，连翩西北驰[2]。借问谁家子？幽并游侠儿[3]。少小去乡邑，扬声沙漠垂[4]。宿昔秉良弓[5]，楛矢何参差[6]。控弦破左的[7]，右发摧月支[8]。仰手接飞猱[9]，俯身散马蹄[10]。狡捷过猴猿，勇剽若豹螭[11]。边城多警急，胡虏数迁移。羽檄从北来[12]，厉马登高堤[13]。长驱蹈匈奴，左顾凌鲜卑[14]。弃身锋刃端，性命安可怀？父母且不顾，何言子与妻？名编壮士籍[15]，不得中顾私[16]。捐躯赴国难，视死忽如归。

【注释】

〔1〕羁（jī）：马笼头。

〔2〕连翩：飞跑不停的样子。

〔3〕幽并：二州名，今河北省东北部及辽宁省西南部一带。

〔4〕扬声：传名。垂：通"陲"，边疆。

〔5〕宿昔：向来。秉：持。

〔6〕楛（hù）矢：用楛木作杆的箭。楛：古书上指荆一类的植物。参差：形容多。

〔7〕控弦：拉弓。的：箭靶。

〔8〕月支：白色箭靶名，又叫素支。

〔9〕接：射击迎面飞来物。猱（náo）：猿类动物，行动迅捷。

〔10〕散马蹄：摧毁叫"马蹄"的箭靶。"散"，射碎。马蹄：黑色箭靶名。

〔11〕螭（chī）：传说中没有角的龙。

〔12〕羽檄：用于征召的文书，写在一尺二寸长的木简上。有紧急的事，在上面插上羽毛。

〔13〕厉马：指策马。厉：加紧。

〔14〕左顾：回顾。鲜卑：我国古代东北方的一个民族，即东胡。

〔15〕籍：名册。

〔16〕中顾私：心中考虑个人的私事。顾：眷念。

【译文】

骑着佩戴黄金笼头的白马，翩翩疾驰在西北大漠上。那是谁家的儿郎啊？原来是幽州、并州一带来的勇士游侠。他自小就离开家，在沙漠边陲声名远扬，向来用的是一张好弓，桔木箭有短有长，拉开弓射破左边的靶心，右射箭穿透月支白靶。一伸手就

能轻松射击迎面奔来的猿猱，一俯身就能将马蹄黑靶射个碎散。这能骑善射的儿郎，矫健胜过猿猴，勇猛如同猎豹和螭龙。边城频频告急，敌骑已几次向中原推进迁移。加急文书不断从北方传来，游侠催马扬鞭登上高堤。一路长驱直入踏平匈奴腹地，回过头来又征服鲜卑强敌。置身于锋刃之下，抛身于刀光剑影之中，性命又有什么可顾惜？父母双亲尚且照顾不到，更何谈妻子和儿女？名字已载入壮士名册，岂可再顾念个人私情？为国难而慷慨捐躯，视生死已如同回家。

七 步 诗

曹 植

煮豆持作羹〔1〕，漉豉以为汁〔2〕。其向釜下然〔3〕，豆在釜中泣。本是同根生〔4〕，相煎何太急？

【注释】

〔1〕煮豆持作羹：一作"煮豆燃豆萁"。羹：通常用蒸、煮等方法做成的糊状食物。

〔2〕漉豉以为汁：漉（ㄌㄨˋ）：过滤。豉：豆制品，这里指豆。

〔3〕其：豆杆。向：一作"在"。釜：古代的一种锅。然：通"燃"，二三两句或缺。

〔4〕是：一作"自"。

煮豆来做豆羹，过滤豆子做成汁。豆杆在锅下燃烧，豆子在锅里哭泣。豆杆和豆子本是从同一个根上生长出来的，为什么要相互煎熬逼迫得这么狠呢？

野田黄雀行

曹 植

高树多悲风，海水扬其波。利剑不在掌，结友何须多[1]？不见篱间雀，见鹞自投罗[2]。罗家得雀喜[3]，少年见雀悲。拔剑捎罗网[4]，黄雀得飞飞。飞飞摩苍天[5]，来下谢少年。

【注释】

〔1〕利剑不在掌，结友何须多：二句当指诗人的处境和心境：既然不掌权柄，何苦结交很多朋友，却不能保护他们免遭迫害。

〔2〕鹞（yáo）：鹞子，一种凶猛的鸟，捕食小鸟。

〔3〕罗家：指捕雀的人。

〔4〕捎：同"箭"，芟除。

〔5〕摩：迫近，接近。

【译文】

高大的树木多遭疾劲的悲风，辽阔的大海翻滚着大浪巨波。既然利剑不掌握在自己手中，又何必结交太多的朋友？你不见那篱笆间的黄雀，为躲避鹞子反倒自投入捕鸟人的罗网。捕鸟人得到黄雀非常欣喜，而少年见到黄雀受难却心生悲伤。他拔出剑来把罗网砍掉，黄雀得以自由地高飞。飞啊飞啊飞近苍天，又飞下来感谢救它性命的少年。

上责躬应诏诗表^[1]

曹 植

臣植言：臣自抱衅归藩^[2]，刻肌刻骨，追思罪戾，昼分而食，夜分而寝。诚以天网不可重罗，圣恩难可再恃^[3]。窃感《相鼠》之篇^[4]，无礼遄死之义^[5]，形影相吊，五情愧赧^[6]。以罪弃生，则违古贤夕改之劝^[7]；忍垢苟全，则犯诗人胡颜之讥^[8]。

伏惟陛下，德象天地，恩隆父母，施畅春风，泽如时雨。是以不别荆棘者，庆云之惠也^[9]。七子均养者，鸤鸠之仁也^[10]；舍罪责功者，明君之举也；矜愚爱能者，慈父之恩也。是以愚臣徘徊于恩泽，而不敢自弃者也。

前奉诏书，臣等绝朝，心离志绝，自分黄耇，永无执珪之望^[11]。不图圣诏，猥垂齿召^[12]。至止之日，驰心辇毂^[13]，僻处西馆，未奉阙庭，踊跃之怀，瞻望反侧，不胜犬马恋主之情。谨拜表并献诗二篇，词旨浅末，不足采览，贵露下情，冒颜以闻^[14]。臣植诚惶诚恐，顿首顿首^[15]，死罪死罪。

【注释】

〔1〕本文是黄初四年（223）曹植进京朝见曹丕献诗时，附在诗前的一篇说明。

〔2〕抱衅：负罪。归藩：回到封地。

〔3〕天网：国法。圣恩：皇恩。恃：依仗。

〔4〕《相鼠》：《诗经》中的一篇，讽刺无礼之人。

〔5〕遄（chuán）：迅速地。

〔6〕五情：泛指人的喜怒哀惧爱等感情。赧（nǎn）：羞愧脸红的样子。

〔7〕夕改：曾子说："君子朝有过夕改则与之，夕有过朝改则与之。"意为有的人早晨犯错误，晚上就改正了；晚上犯错误第二天早晨就改正了，都是可称赞的。

〔8〕胡颜：何种脸面，又可解作有什么脸。《诗经·相鼠》篇中有"胡不遄死"之句。

〔9〕庆云：祥云。

〔10〕鸤鸠（shī jiū）之仁：《诗经》记载鸤鸠哺育七只幼鸰时，挨个喂食，不偏不倚，很平均。鸤鸠：古书上指布谷鸟。

〔11〕自分：自己考虑。黄耇：老年。执珪：手拿上圆下方的玉器，古代君王权力的象征。

〔12〕不图：没想到。猥垂：辱身垂顾。谦词。齿召：按地位高低召见。

〔13〕辇毂：指代京城。

〔14〕冒颜：犯颜。

〔15〕顿首：叩头，以头触地，立即抬起。

【译文】

臣曹植禀告：臣自从戴罪回到封地，对所犯的错误刻骨铭心。每当想起自己的罪过，便饭也吃不下，觉也睡不好。朝廷给我这样宽大的处置，于我不可再得；如此浩荡的皇恩，也难以再有第二次。每当想起《诗经·相鼠》里说的"人而无礼，胡不遄死"就深感惭愧。我独自扪心自问，心情沉重而内疚。如果我因犯错误而轻生，就违背了古代圣贤"朝过夕改"的遗训；如果我负罪苟活，又应承了《诗经·巧言》篇"颜之厚矣"的嘲笑。

我跪在陛下面前再禀：皇上的恩德像天地一样厚重，对我的恩宠犹如父母给予的深恩。春风和畅，滋养万物。像庆云笼罩大地，使荆棘野草也蒙受瑞气。如布谷鸟哺育幼鸰，七子待遇均衡如一。赦免罪尊，表彰功劳，是圣明君王的行为；怜悯愚顽，珍爱贤能，是慈父般的恩情。所以愚臣沐浴皇恩而不敢擅自轻生。

上次奉接诏书，不准臣等参与朝会，臣心中已经绝望，以为这一辈子再也没有机会朝见圣上了。万万没有想到，圣上又下诏书，辱身垂顾恩准臣等再与朝会。诏书到来的时候，我的心早已飞到了京师。寄居在西馆，虽然尚未奉朝会之旨，激动的心情早已按捺不住，不停地眺望徘徊，辗转反侧，全是一片犬马眷恋追随主人心情。恭敬地拜上此表，并献诗二首。虽然词意浅近，不值得一读，但总算表达了微臣的一片赤诚之情，所以冒犯龙颜以让陛下得知。臣曹植诚惶诚恐，叩头再拜，死罪死罪。

责 躬 诗 [1]

曹　植

　　於穆显考[2]，时惟武皇。受命于天，宁济四方。朱旗所拂，九土披攘[3]。玄化滂流，荒服来王[4]。超商越周，与唐比跋。笃生我皇，奕世载聪[5]。武则肃烈，文则时雍[6]。受禅于汉[7]，君临万邦。万邦既化，率由旧则。广命懿亲，以藩王国[8]。帝曰尔侯，君兹青土[9]。奄有海滨，方周于鲁[10]。车服有辉，旗章有叙。济济俊义，我弼我辅。伊余小子，恃宠骄盈。举挂时网，动乱国经[11]。作藩作屏，先轨是隳[12]。傲我皇使，犯我朝仪。国有典刑，我削我黜。将置于理，元凶是率。明明天子，时惟笃类。不忍我刑，暴之朝肆[13]。违彼执宪，哀余小臣。改封兖邑，于河之滨。股肱弗置，有君无臣。荒淫之阙，谁弼予身。茕茕仆夫，于彼冀方。嗟余小子，乃罹斯殃。赫赫天子，恩不遗物。冠我玄冕，要我朱绂[14]。光光大使，我荣我华。剖符授土，王爵是加。仰齿金玺，俯执圣策。皇恩过隆，祗承怵惕。咨我小子，顽凶是婴[15]。逝惭陵墓，存愧阙庭。匪敢傲德[16]，实恩是恃。威灵改加，足以没齿。昊天罔极，生命不图。常惧颠沛，抱罪黄垆[17]。愿蒙矢石，建旗东岳[18]。庶立毫厘，微功自赎。危躯授命，知足免戾[19]。甘赴江湘，奋戈吴越。天启其衷，得会京畿。迟奉圣颜，如渴如饥。心之云慕，怆矣其悲。天高听卑，皇肯照微[20]。

〔1〕这是曹植写给魏文帝曹丕的一首自责诗。他在诗中歌颂父兄的恩德，责备自己违犯礼法，表示愿意立功赎罪。

〔2〕於穆：感叹词。显考：对死去父亲的尊称，显：有光明卓著之意。

〔3〕九土：九州。披攘：平定。

〔4〕玄化：王道流行，天下太平。荒服：指距离京城二千里至二千五百里的地方，泛指荒远极边之所。来王：来朝臣服君王。

〔5〕载：承载。

〔6〕时雍：和谐。

〔7〕受禅：接受禅让。

〔8〕藩：本意为篱笆，引申为守卫。

〔9〕青土：青州之地。

〔10〕方：比方，犹如。方周于鲁：犹如鲁国对周朝。

〔11〕时网、国经：泛指王法、国法。

〔12〕屏：屏障。先轨：旧的准则。

〔13〕朝肆：言陈尸于朝廷。朝，国家办公之处；肆，杀人陈尸示众。

〔14〕玄冕、朱绂：古时诸侯戴黑色的帽子，系红色的带子。要：通"腰"。

〔15〕咨：语气词。婴：碰，触。顽凶是婴，意为当上了凶顽之人。

〔16〕匪：非。

〔17〕黄垆：指地下。

〔18〕东岳：泰山。

〔19〕戾：罪过。

〔20〕皇：君；肯：可；照：洞察。

【译文】

一代枭雄的武皇啊，是我们的父亲。他老人家受上天的派遣来统一天下使四方安宁。红旗到处飘扬，九州万民归顺。道德教化不胫而走，八方诸侯皆来朝见。国朝的德化超过了商朝和周朝，可与唐虞相提并论。当今皇上禀淳厚之德而隆生，积累了历世的灵气与聪明。武则以威猛平定天下，文则以恩德安抚百姓。受汉朝的禅让使万邦听命，天下既已归化，仍旧遵循传统的章程：分封王室宗亲，以守卫国家。皇帝说封你为诸侯侯，我就掌管青州这个地方。青州东北靠大海，正像武王分封周公管辖鲁境。车服闪烁着光辉，旗章标志着威仪等分。许多才华出众的俊才，辅佐我处理政务。我这个不争气的罪人，依仗着皇上的恩宠而骄横任性，触犯了国家法规，违反了朝廷王法。作为王室诸侯，竟带头破坏国家的成法章程。傲慢地对待国家的使者，使朝廷礼仪失去威信。国家有常法常刑，削爵去职我自当领承，将我送交司法部门，按理当然我是元凶应当受惩。正大光明的天子，顾念着同胞手足之情。不忍心对我施加极刑，让我陈尸朝野。宁肯曲意徇情，来怜悯我这罪臣。先将我贬爵后又改封鄄城。我这诸侯只有君而没有臣，形同孤寡一人。荒淫而无道，谁来辅佐我这罪臣。孤独寂寞孑然一身，来到了所封的边地鄄城。可叹我这卑微之人，遭此灾祸危及性命。光照千秋的皇上啊，余辉映及罪臣，我终于又戴上了玄冕，腰间佩上红色绶缨。地位显要的皇家使者，重使我荣华加身；给了我印符授予我疆土，赐予我侯王的爵位。使我重新进入诸侯之列，金玺圣策上有了我的姓名。皇恩浩荡啊，谨小慎微地敬承。可叹我这罪人，顽冥凶险总不离我身。既对不起列祖列宗，又愧对当今朝廷。不是我敢傲视恩德，实在是因恃宠而骄。皇恩再次改加予我，此情足以让我没齿难忘。上天法力无边，人之寿夭难以测定。常常担心一朝倾覆，负罪黄泉永世难以翻身。我愿作挡箭盾牌，立足于泰山之境。立下菲薄功劳，来赎回以往的罪行。待罪之人受天之命，自知自足以免罪为幸。甘愿东征西讨，南北转战。天子敞开仁慈的胸怀，得以朝会在京城。等待着一睹圣颜，心情迫切激动。我心向往敬慕，悲怆使人动魄惊心。上天在上，垂听下闻，圣上能否明白我的微诚？

应 诏 诗 [1]

曹 植

肃承明诏，应会皇都。星陈凤驾，秣马脂车。命彼掌徒，肃我征旅。朝发鸾台，夕宿兰渚 [2]。芒芒原隰，祁祁士女 [3]。经彼公田，乐我稷黍。爰有樛木 [4]，重阴匪息 [5]。虽有糇粮，饥不遑食 [6]。

望城不过，面邑不游〔7〕。仆夫警策，平路是由。玄
驷蔼蔼，扬镳漂沫〔8〕。流风翼衡，轻云承盖〔9〕。
涉涧之滨，缘山之隈。遵彼河浒，黄阪是阶。西济
关谷，或降或升。骈骖倦路，再寝再兴〔10〕。将朝圣
皇，匪敢晏宁。弭节长骛〔11〕，指日遄征。前驱举
燧，后乘抗旌〔12〕。轮不辍运，銮无废声〔13〕。爰暨
帝室，税此西墉〔14〕。嘉诏未赐，朝觐莫从。仰瞻
城阈〔15〕，俯惟阙庭。长怀永慕，忧心如酲〔16〕。

【注释】

〔1〕这是曹植在黄初四年（223）应魏文帝曹丕之召，进京朝见时写的一首诗。诗人不仅写出了赴京途中的情景，还抒发了喜忧相伴的复杂心情。

〔2〕鸾台、兰渚：汉朝的宫阙名，即长安的鸳鸾殿和兰渚。

〔3〕芒芒：茫茫，无边之貌。原隰（xí）：原野。隰：新开垦的田。祁祁，众多之貌。

〔4〕樛（jiū）木：垂下枝条的树木。樛：树木向下弯曲。

〔5〕重阴：浓阴。匪息：不休息。

〔6〕糇粮：干粮。不遑：没有时间。遑：闲暇。食：吃。

〔7〕游：游玩。邑：城镇。

〔8〕玄驷：黑色的四匹马。驷：同拉一辆马车的四匹马。蔼蔼：用尽力气的样子。扬镳：奔驰。镳：马嚼子的两端露出外面的部分。

〔9〕衡：车辕前端的横木；盖：车棚。

〔10〕再：又；兴：起。

〔11〕弭节：把符节藏起来；长骛：快跑。

〔12〕燧：火炬；抗旌：举旗。

〔13〕銮：铃；无废声，不停地发声。

〔14〕税：住；墉：城。

〔15〕阈（yù）：门坎。

〔16〕酲：病酒。

【译文】

敬承圣上的诏书，为赴朝会来到京都。披星戴月风雨兼程，饱马轻车正好赶路。下令管行伍的长官，作好戒备莫误征途！早上从鸾台起程，晚上定要赶到兰渚。茫茫一片大平原，男来女往不胜数，经过诸侯

的公田，庄稼茂密心里乐乎乎。一路上，遇到浓荫大树不歇凉，无暇用餐随便吞食些干粮。遇到城邑不问津，路过市镇无意去游逛。车夫们扬鞭驱马，沿着大道往前闯。四匹健壮的黑马，口流唾沫精神却高昂。和风抚摸着车把，轻云承托着车梁；逢水涉水走；遇山绕山岗。沿着水边，顺着斜坡，闯关过谷，忽升忽降。马匹累了休息一夜，第二天又神彩飞扬。为了朝觐皇上，岂敢延误了时光？意志坚定，长驱直入。快马加鞭，指日可达。先头部队，火把照烛；殿后之师，旌旗在握。车轮滚滚，銮声大作。到了京城，西馆下榻。诏书未逢。朝会有日。仰看城墙，俯观宫阙。引颈长望，衷心急迫。

公 宴 诗 [1]

曹 植

公子敬爱客[2]，终宴不知疲[3]。清夜游西园[4]，飞盖相追随[5]。明月澄清景[6]，列宿正参差[7]。秋兰被长坂[8]，朱华冒绿池[9]。潜鱼跃清波[10]，好鸟鸣高枝。神飙接丹毂[11]，轻辇随风移[12]。飘飖放志意[13]，千秋长若斯[14]。

【注释】

〔1〕公宴诗：指在王公贵族游宴活动中叙述捞写其事的诗作。

〔2〕公子：指曹丕。当初曹操在世，丕为五官中郎将，故称公子。

〔3〕终宴：宴罢。

〔4〕西园：指邺城文昌殿以西的铜雀园。

〔5〕飞盖：指飞奔而来的车子。盖，车盖。

〔6〕澄：这里用作使动，使之明净澄澈之义。清景：清光。

〔7〕列宿（xiù）：繁星。参差：这里指众星罗布，有疏有密之貌。

〔8〕被：覆盖。长坂：长坡。

〔9〕朱华：指芙蓉。冒：覆盖。

〔10〕潜鱼：水中之鱼。

〔11〕神飙（biāo）：狂风。"神"：形容风之速。接：靠近，靠拢。丹毂：车轮，因其中央安插车轴处的圆木涂着红色，故称。

〔12〕辇（niǎn）：华贵之车。

〔13〕飘飖（yáo）：这里是逍遥自得之义。放志意：如说"纵情"。

〔14〕斯：这样。

【译文】

　　公子待宾客有着敬心爱意，欢宴终结了也不觉得疲惫。清幽的夜晚游宴于铜雀园里，宾从之车紧追紧随。明月让它的清辉更加澄澈洁朗，此时的繁星也是有疏有密。秋天的兰草覆盖着长长坡地，芙蓉花开布满了绿水清池。藏身的鱼儿忽在清波上跳跃，美丽的鸟儿鸣啭在树头高枝。狂风靠近车轮而呼啸滚动，车辇轻轻像是随风前移。逍遥自适放纵着我的情志，唯愿千秋万岁都欢乐如此。

赠　徐　干

曹　植

　　惊风飘白日[1]，忽然归西山[2]。圆景光未满[3]，众星粲以繁[4]。志士营世业[5]，小人亦不闲[6]。聊且夜行游，游彼双阙间[7]。文昌郁云兴[8]，迎风高中天[9]。春鸠鸣飞栋[10]，流猋激棂轩[11]。顾念蓬室士[12]，贫贱诚足怜。薇藿弗充虚[13]，皮褐犹不全[14]。慷慨有悲心[15]，兴文自成篇。宝弃怨何人[16]？和氏有其愆[17]。弹冠俟知己[18]，知己谁不然[19]！良田无晚岁[20]，膏泽多丰年[21]。亮怀玙璠美[22]，积久德愈宣[23]。亲交义在敦[24]，申章复何言[25]。

【注释】

〔1〕惊风：疾风。

〔2〕忽然：迅疾地。

〔3〕圆景：古人用以称太阳和月亮，这里是指月亮。景，明亮。光未满：指弦月。

〔4〕以：且。

〔5〕世业：指著书立说之类的传世之业。

〔6〕小人：作者自嘲性的戏称。

〔7〕双阙：分立在宫门左右的望楼。

〔8〕文昌：邺都魏宫的正殿名。郁：盛。兴：起。

〔9〕迎风：指迎风观。

〔10〕飞栋：高殿的檐宇。

〔11〕流猋（biāo）：旋风。猋，通"飙"。

〔12〕蓬室士：居于编蓬为门的陋室中的寒士。此指徐干。

〔13〕薇：野菜名，又叫野豌豆。藿：豆叶。

〔14〕皮褐：毛皮与短褐。

〔15〕"慷慨"二句：点明徐干所著的《中论》中有慷慨愤懑之情。兴文：指写作《中论》。

〔16〕宝：指璧玉，此喻徐干。

〔17〕和氏：指能识宝的卞和。事见《韩非子·和氏》："楚人和氏得玉璞楚山中，奉而献之厉王。厉王使玉人相之。玉人曰：'石也。'王以和为诳而刖其左足。及厉王薨，武王继位，和又奉其璞献之武王。武王使玉人相之，又曰："石也。"王又以和诳而刖其右足。武王薨，文王继位，和乃抱其璞哭于楚山之下，三日三夜，泪尽而继之以血。……王乃使人理其璞而得宝焉。遂命曰'和氏之璧'。"此是作者自喻。说徐干好比宝玉，自己好比卞和，徐干未得重用，自己有未能荐贤的过失。愆（qiān）：过失。

〔18〕弹冠：弹去帽子上的灰尘，准备去做官的意思。典出《汉书·王吉传》："吉与贡禹为友，时称'王阳（王吉，字子阳）在位，贡公弹冠'。"俟：等待。

〔19〕此句实为借徐喻己，抒发自己同样未被当权者重用。含愤懑之情，作深曲之笔。

〔20〕晚岁：收获迟。

〔21〕膏泽：肥沃的土地。

〔22〕亮：确信。玙璠：美玉。古人以玉比德。

〔23〕宣：显然。

〔24〕亲交：指亲近的朋友。敦：勉励。

〔25〕申章：指赠诗。申，陈。

似劲风催动太阳向前滚翻，迅速地落入了西山。夜空中的月亮还未全圆，璀璨的群星已把天幕布满。志士们想建立传世伟业，而小人也忙碌着没有空闲。我姑且乘着夜色游乐寻欢，闲游于宫门前的望楼之间。文昌殿四周云气冉冉升起，迎风观巍然高立在半云天。斑鸠在雄伟的雕梁上鸣叫，旋风在长廊的窗格间穿梭。想起居住茅屋的贫穷之士，困苦的处境确实让人可怜。连野菜和豆叶也难以吃饱，遮体的短衣也都破烂不堪。你心中积有慷慨愤懑之情，提笔写文章自然能著成名篇。瑰宝竟遭遗弃该去怨谁？有眼识宝的卞和难辞其咎。若等知己举荐才出山为官，是知己谁不盼有这么一天！真是块良田收获绝不会晚，土肥水美之地自会多丰年。要坚信真正怀抱美德的人，时间愈久则美德才愈显然。朋友的责任重在敦促劝勉，赠诗给你其他就不必再谈！

赠白马王彪并序

曹　植

　　黄初四年五月[1]，白马王、任城王与余俱朝京师[2]，会节气[3]。到洛阳，任城王薨[4]。至七月，与白马王还国[5]。后有司以二王归藩[6]，道路宜异宿止[7]，意毒恨之[8]！盖以大别在数日[9]，是用自剖[10]，与王辞焉，愤而成篇。

　　谒帝承明庐[11]，逝将归旧疆[12]。清晨发皇邑[13]，日夕过首阳[14]。伊洛广且深[15]，欲济川无梁[16]。泛舟越洪涛，怨彼东路长[17]。顾瞻恋城阙[18]，引领情内伤[19]。

　　太谷何寥廓[20]，山树郁苍苍[21]。霜雨泥我涂[22]，流潦浩纵横[23]。中逵绝无轨[24]，改辙登高冈[25]。修坂造云日[26]，我马玄以黄[27]。

　　玄黄犹能进，我思郁以纾[28]。郁纾将何念？亲爱在离居[29]。本图相与偕[30]，中更不克俱[31]。鸱枭鸣衡轭[32]，豺狼当路衢[33]。苍蝇间白黑[34]，谗巧令亲疏〔35〕。欲还绝无蹊〔36〕，揽辔止踟蹰〔37〕。

踟蹰亦可留？相思无终极。秋风发微凉，寒蝉鸣我侧〔38〕。原野何萧条，白日忽西匿〔39〕。归鸟赴乔林〔40〕，翩翩厉羽翼〔41〕。孤兽走索群〔42〕，衔草不遑食〔43〕。感物伤我怀，抚心长太息〔44〕。

太息将何为？天命与我违〔45〕。奈何念同生〔46〕，一往形不归〔47〕。孤魂翔故城〔48〕，灵柩寄京师。存者忽复过〔49〕，亡殁身自衰〔50〕。人生处一世，去若朝露晞〔51〕。年在桑榆间〔52〕，影响不能追〔53〕。自顾非金石〔54〕，咄唶令心悲〔55〕。

心悲动我神，弃置莫复陈〔56〕。丈夫志四海，万里犹比邻〔57〕。恩爱苟不亏，在远分日亲〔58〕。何必同衾帱〔59〕，然后展殷勤〔60〕。忧思成疾疢〔61〕，无乃儿女仁〔62〕。仓促骨肉情〔63〕，能不怀苦辛？

苦辛何虑思？天命信可疑〔64〕。虚无求列仙〔65〕，松子久吾欺〔66〕。变故在斯须〔67〕，百年谁能持〔68〕？离别永无会，执手将何时〔69〕？王其爱玉体〔70〕，俱享黄发期〔71〕。收泪即长路〔72〕，援笔从此辞〔73〕。

【注释】

〔1〕黄初四年：即公元223年。"黄初"是魏文帝曹丕的年号。

〔2〕白马王：指曹彪，彪字朱虎，是曹植的异母弟。封邑白马，在今河南滑县东。任城王：指曹彰，彰字子文，是曹植的同母兄。京师：指洛阳。

〔3〕会节气：魏有朝四节的制度，即在每年的立春、立夏、立秋、立冬这四个节气之前的第十八天，各诸侯藩王都要来京朝会，行迎节气之礼，并举行朝会。黄初四年立秋在六月二十四日，故曹植等即于五月动身赴京师洛阳。

〔4〕薨（hōng）：古代称诸侯及封爵大臣之死曰薨。关于任城王的暴卒，据说是文帝忌其骁壮，因食毒枣而亡。事见《世说新语·尤悔》。

〔5〕还国：返回自己的封地。与下文的"归藩"同义。

〔6〕有司：指主管该项事务的官吏，职有所司，故称有司。这里指监国使者灌均。监国使者是皇帝派往诸侯国执行监视和传达诏令任务的官吏。

〔7〕异宿止：不能同行同宿。

〔8〕意：即臆，指内心。毒恨：痛恨。

〔9〕大别：久别、永别。曹丕规定藩国不准交往，这次分别后很难再见，故称"大别"。

〔10〕是用：用是，用此。自剖：剖白自己的心迹。

〔11〕谒：朝见。承明庐：长安汉宫名，在石渠阁外。洛阳魏宫有承明门，乃后宫出入之门。这里代指魏文帝曹丕的宫殿。

〔12〕逝：语助词，无义。旧疆：指作者自己的封地鄄城（今山东鄄城县北）。

〔13〕皇邑：指洛阳。

〔14〕首阳：山名，在洛阳城北二十里。

〔15〕伊洛：伊水和洛水。伊水源出河南熊耳山，至偃师县流入洛水。洛水源出陕西冢岭山，至河南巩县流入黄河。

〔16〕济：渡水。川：河流。梁：桥。

〔17〕东路：指向东返回鄄城的路。

〔18〕顾瞻：回首眺望。城阙：指京城洛阳。

〔19〕引领：伸长脖子极目远望的样子。

〔20〕太谷：地名，在洛阳东南五十里处。又名通谷。

〔21〕郁：繁茂。

〔22〕泥：使泥泞。这里用作动词。"涂"通"途"。

〔23〕潦（lǎo）：雨后地面的积水。

〔24〕中逵：半路。逵，道路。

〔25〕改辙：改道。

〔26〕修坂：长长的山坡。造：至，达。

〔27〕玄以黄：由玄而黄。指马病了。

〔28〕郁以纡：心情抑郁而纠结难解。

〔29〕亲爱：亲人，指白马王曹彪。在：将要。离居：分别居住在两地。不仅指与曹彪同路却不能同行同宿，且兼指即将离别而分居两地。

〔30〕本图：原打算。

〔31〕中更：中途发生变更。据吴淇《六朝选诗定论》说："王初出都时，尚无不准同行之命；出都后，中途令下，始不许二王同行。"

〔32〕鸱枭（chī xiāo）：猫头鹰。衡：车辕前端的横木。轭：扼马颈的曲木。这里的鸱枭和下文的豺狼、苍蝇，都是比喻朝廷里和朝廷派在自己身边的阴险小人。

〔33〕衢：四通八达的大道。

〔34〕间：离间，挑拨。《诗经·小雅·青蝇》："营营青蝇止于樊。"郑玄注："蝇之为虫，污白为黑，污黑为白。"

〔35〕"谗巧"句：曹丕和曹植、曹彪是亲兄弟，被谗言巧语挑拨得疏远

了。谗巧：谗言巧语。

〔36〕欲还：指自己想回洛阳向曹丕申诉。然而灌均奉行的原是曹丕的旨意，所以此法行不通。绝无蹊：绝对无路可走。

〔37〕揽辔（pèi）：勒住马缰。止：语中助词。

〔38〕寒蝉：直到深秋方停止鸣叫的一种蝉，又名寒蜩。

〔39〕西匿（nì）：指夕阳西下。

〔40〕乔林：乔木林。

〔41〕厉：振动，奋。

〔42〕走：奔跑。索群：寻找伙伴。

〔43〕不遑食：顾不上吃。

〔44〕太息：叹息。

〔45〕天命：上天的意旨。违：乖违。

〔46〕同生：同胞。曹丕、曹彰、曹植均为一母所生。

〔47〕一往：指赴洛阳朝会。形不归：指曹彰暴死于洛阳。形：形体，身体。

〔48〕故城：指曹彰的封地任城。

〔49〕存者：指作者自己和白马王彪。忽：很快地。过：过世，死亡。

〔50〕亡殁：亡殁者，指曹彰。自衰：自行腐烂、毁灭。

〔51〕晞：干。

〔52〕桑榆：天空西方二星名。"日在桑榆"指日落黄昏之时，古人常以此比喻人的老年。

〔53〕影响：指光和声音。这里比喻容易消逝而不能追回的岁月。

〔54〕金石：金属和石头，喻质坚难损之物。此处是化用《古诗十九首·回车驾言迈》"人生非金石，岂能长寿考"之意。

〔55〕咄唶（duō jiè）：惊叹声。

〔56〕莫复陈：不要再提说。陈，陈述、叙说。

〔57〕比邻：近邻。

〔58〕分：情分，情谊。

〔59〕衾帱（qīn chóu）：被子和床帐。同衾帱：典出《后汉书·姜肱传》：姜肱与其弟仲海、季江相友爱，常同被而眠。

〔60〕展殷勤：即互表深情。

〔61〕疢（chèn）：热病。

〔62〕无乃：岂不是。儿女仁：指男女之间的爱情。

〔63〕骨肉亲：指兄弟之情。

〔64〕信：诚，确实。

〔65〕列仙：众仙。

〔66〕松子：即赤松子，古代传说中的神仙名。吾欺：欺我。

〔67〕变故：指发生灾祸。斯须：倾刻，须臾。

〔68〕百年：享尽天年，喻长寿善终。持：保持，把握。

〔69〕执手：握手，喻再会。

〔70〕王：指白马王曹彪。其：句中语气助词。

〔71〕黄发期：喻老年高寿。老年人的头发由白而黄，故称老人为黄发。

〔72〕即：就，指登程。长路：远途。

〔73〕援笔：指提笔写诗。辞：辞别。

【译文】

在宫里朝见过了皇上，就要返回自己的封地。清晨从京城洛阳出发，傍晚途经首阳山。伊水洛水啊既深又广，想要渡河却没有桥梁。驾起船跨过惊涛骇浪，怨东归之路何等漫长。频频回首依恋着京都，伸颈远眺啊心中悲伤。

太谷是多么空阔远广，满山的树木郁郁苍苍。霪雨绵绵将道路阻滞，遍地的积水纵横流淌。路上没一条车行之迹，便只好改道登上山冈。山坡陡长啊如通云天，我的马儿呀累病身伤。

马儿累病了还能强行，我的感伤呀萦绕愁肠。愁肠百结是将谁挂念？亲爱的兄弟天各一方。我本想和你一路同行，却中途变更难如所望。猫头鹰躲在身边怪叫，豺狼横行在大道中央。恶虫苍蝇能将白污为黑，谗言巧语将骨肉中伤。想回洛阳已无路可走，我勒住马缰踟蹰彷徨。

踟蹰彷徨岂能够留下？相思之情啊没有尽头。秋风吹送来微微凉意，寒蝉在耳边悲鸣不休。放眼原野是多么萧条，飘忽的白日向西隐去。还巢的鸟儿投向高林，急急拍打着一双羽翼。孤单的野兽奔跑求伴，口衔草儿也无暇顾及。感念万物啊我心伤悲，手抚着前胸长声叹息。

叹息啊叹息又有何用？天命总和我心愿相违。思念起我的同胞兄弟，怎么竟这样一去不归。他的孤魂向任城飞去，可棺木还停放在洛阳。活着的转眼也将逝去，死去的自行腐于墓堆。来到人世走这么一遭，有如早晨易干的露滴。年岁已经像日薄西山，青春如光声难以再追。自思人非能坚如金石，感叹声声啊心中伤悲。

心中伤悲啊耗我精神，还是不再将这些叙陈。大丈夫应该志在四海，纵远隔万里也如近邻。友爱之情若不肯稍减，虽然远别却情谊更深。何必一定要同睡一床，然后才能够互表殷勤？若忧思郁结酿成疾病，岂非区区小儿女之情。仓促间就骨肉相别，怎能不让人满怀酸辛！

满怀酸辛啊有什么思虑？所谓天命实令人生疑。乞求众仙都虚无缥缈，赤松子的神话，将我久久欺瞒。灾祸倾刻间就能发生，长命百岁谁

能够保持？离别后难有相会之日，再重逢不知将到何时？白马王啊请你
保重身体，愿你我活到寿终正寝。揩干眼泪踏上漫漫归途，写成这赠诗
就此告辞。

燕 歌 行^[1]

曹 丕

秋风萧瑟天气凉^[2]，草木摇落露为霜。群燕辞
归雁南翔，念君客游思断肠。慊慊思归恋故乡^[3]，
何为淹留寄他方？贱妾茕茕守空房^[4]，忧来思君不
敢忘，不觉泪下霑衣裳。援琴鸣弦发清商^[5]，短
歌微吟不能长^[6]。明月皎皎照我床，星汉西流夜
未央^[7]。牵牛织女遥相望，尔独何辜限河梁^[8]？

【注释】

〔1〕《燕歌行》：汉乐府曲调名，在《乐府诗集》中属《相和歌·平调
曲》。和乐府诗中的《齐讴行》、《吴讴行》相类，在乐府诗题目上冠以地名，
是表示音调的地方特点，和反映该地区的生活内容。燕是北方边地（今河北省北
闾一带），征戍不绝，所以《燕歌行》大都用以写离别之情。

〔2〕"秋风"句：《楚辞》："悲哉！秋之为气也，萧瑟兮，草木摇落而
变衰。"

〔3〕慊慊：怨恨不满的样子。此句言妇人思念征夫归来，永留家乡。恋，
犹留。

〔4〕茕茕（qióng）：孤独的样子。

〔5〕清商：古乐调名，其音凄越感伤。李周翰
注："清商，秋声。"

〔6〕不能长：是说因内心悲凄，不能弹唱平
和舒缓的歌曲。

〔7〕星汉：银河。星汉西流：银河转向西，表示
夜已经很深了。夜未央：夜已深而未尽。央，尽。

〔8〕尔：指牵牛、织女两星。辜：罪。河梁：河
上的桥。此处指银河。限：隔绝。

　　秋风萧瑟啊天气转凉，草枯叶落啊白露为霜。群燕辞归啊大雁南飞，想你远游在外啊，我的思念如同断肠。盼你归来啊永留在家乡，可你为何总滞留在他方？我守着这空房空空荡荡，想你念你不能相忘，悄悄地泪珠儿打湿了衣裳。轻轻地拨弄这琴弦，我却弹出一种秋声的凄怆。那悲凉的短歌在口里低吟，却总被哀伤打断。皎洁的月光似水啊洒在我床上，灿烂的银河转向了西方，这静静的秋夜啊是这样漫长！那两颗闪闪的星啊，就是牛郎和织女吧，可怜的人儿呀，你们有什么过错，却被这永远的河流绝隔？年年这样，只能遥遥相望！

咏 怀 诗 (其一)

阮　籍

　　夜中不能寐，起坐弹鸣琴。薄帷鉴明月[1]，清风吹我襟。孤鸿号外野[2]，翔鸟鸣北林。徘徊将何见？忧思独伤心。

【注释】

　　〔1〕帷：帐幔。鉴：照。这句说月光照在帐幔上。
　　〔2〕孤鸿：一只离群的大雁。号：鸣叫。外野：野外。

【译文】

　　半夜难以入睡，起床坐下弹琴。明月照着帐幔，凉风吹动衣襟。孤雁在野外啼号，飞鸟在北林鸣叫。我独自徘徊不安，又能看到什么呢？忧国忧时的愁思让我心伤。

咏 怀 诗 (其二)

阮　籍

　　嘉树下成蹊，东园桃与李[1]。秋风吹飞藿[2]，零落从此始。繁华有憔悴，堂上生荆杞[3]。驱马舍之去，去上西山趾[4]。一身不自保，何况恋妻子！凝霜被野草[5]，岁暮亦云已[6]。

【注释】

〔1〕"嘉树"两句：出自《史记·李广传赞》："桃李不言，下自成蹊"。

〔2〕藿（huò）：豆叶。以风吹飞藿比喻世事衰落。

〔3〕荆杞（qǐ）：荆棘和枸杞，两种野生灌木。

〔4〕西山：指首阳山，在今山西永济县西南，相传伯夷、叔齐曾在此采薇隐居。趾：指山脚。

〔5〕凝霜：严霜。被：覆盖。

〔6〕已：毕。此句意谓：一年已完了。

【译文】

东园桃树李树之下，被来往的人物踩出一条小路。秋风吹卷豆叶时，桃李便开始凋零了。有繁华就有衰败，大厦倒塌后长出的是荆棘树丛。不如策马而去舍弃所追求依恋的，到西山脚下去隐居。自身已经难保，哪里顾得上眷恋妻子和儿女？严霜已覆盖了野草，冬天已经到来，一年也就过完了。

咏 怀 诗 (其三)

阮 籍

昔闻东陵瓜[1]，近在青门外[2]。连畛距阡陌[3]，子母相钩带[4]。五色曜朝日[5]，嘉宾四面会。膏火自煎熬[6]，多财为患害。布衣可终身，宠禄岂足赖[7]？

【注释】

〔1〕东陵瓜：汉时邵平曾在秦朝时封为东陵侯，秦亡后，成为平民，在长安城东种瓜为生。他种的瓜很好吃，人们称之为东陵瓜。

〔2〕青门：汉长安东南第一门叫霸城门，因门为青色，又叫青门，地近东陵。

〔3〕畛（zhěn）：田地间的小路，泛指田间。距：到，至。

〔4〕子母：小小大大的瓜。钩带：钩连缠带。

〔5〕五色：《述异记》载："吴桓王时会稽生五色瓜，吴中有五色瓜充岁贡。"曜（yào）朝日：（瓜的五种颜色）像朝阳一样耀眼。

〔6〕膏：油脂。

〔7〕宠禄：恩宠和禄位。赖：倚靠。

【译文】

听说从前东陵侯邵平种瓜的地方，就近在长安城东青门外。田里大大小小的瓜儿根连藤绕，能生成五种颜色，映照着晨光吸引了四面八方的嘉宾。油脂燃烧总是自煎自熬，财富多了总是带来祸害。做个平民可以终老此身，恩宠和爵禄哪里能够依赖！

咏 怀 诗（其四）

阮 籍

步出上东门，北望首阳岑〔1〕。下有采薇士，上有嘉树林〔2〕。良辰在何许？凝霜沾衣襟〔3〕。寒风振山冈，玄云起重阴〔4〕。鸣雁飞南征，鹈鴂发哀音〔5〕。素质游商声，凄怆伤我心〔6〕。

【注释】

〔1〕首阳岑：首阳山。

〔2〕采薇士：指伯夷、叔齐耻食周粟，隐居首阳山采薇而食，最后饿死。薇：一种草本植物，嫩叶及茎、种子均可食，也叫野豌豆。嘉树林：美好的树林。

〔3〕何许：何处。这是说自己想效伯夷、叔齐隐居采薇，但环境恶劣，使自己空有心志。

〔4〕玄云：黑云。张铣注："风振云阴，喻晋王专权而冒上。"

〔5〕鹈鴂（tí jué）：鸟名即杜鹃、子规。

〔6〕素质：谓自己单薄的体质。商声：旧以商为五音中的金音，声凄厉，与肃杀的秋气相应，故称秋为"商秋"。商声，即秋声。此二句言以己单薄的身体游于萧瑟的秋天，而生凄怆之情。又一说，"素质"指秋天凋零之景象，"游"通"由"，则谓凋零残败之景象是由于秋风肃杀之故。亦通。

【译文】

我缓缓漫步走出上东门，朝北遥望首阳山的峰岭。伯夷、叔齐曾在那里隐居采薇，而今山上是一片美丽的树林。美好的时辰究竟在什么地方？严霜浓浓地沾湿了我的衣襟。寒冷的秋风摇撼着山岗，满天重重密布着浓厚的黑云。大雁啼叫着纷纷往南飞去，杜鹃发出凄厉悲切的哀鸣。我单薄的躯体游历在肃杀的秋风之中，怎不令人感到凄凉伤心。

别范安成 [1]

沈 约 [2]

生平少年日 [3]，分手易前期 [4]。及尔同衰暮 [5]，非复别离时 [6]。勿言一樽酒 [7]，明日难重持 [8]。梦中不识路 [9]，何以慰相思 [10]？

【注释】

〔1〕范安成：范岫，字懋宾，萧齐时代曾为安成内史，故此称范安成。他是沈约的少年好友，后又多次共事，私交颇深。

〔2〕沈约（441－513）：字休文，吴兴武康（今浙江吴兴）人。齐梁时期的文坛领袖，"永明体"的开创人之一。他讲求诗歌的对仗和音律的和谐，提倡"四声八病"说，对近体诗的形成有很大影响。

〔3〕生平：平生。少年日：年轻时代。

〔4〕易：容易。此作意动用。前期：别时相约再会之期。易前期：意谓把相见再会看作容易的事情。

〔5〕及：和，同。尔：你，指范安成。衰暮：指到了老年。

〔6〕非复：不再是。

〔7〕樽：古代盛酒器。

〔8〕重：再。持：指拿起酒杯。

〔9〕梦中不识路：《文选》李善注引《韩非子》所载说："六国时，张敏与高惠二人为友，每相思不能得见，敏便于梦中往寻，但行至半道，即迷不知路，

遂回，如此者三。"此用其典。

〔10〕何以：用什么。

【译文】

想起这辈子的少年时期，向来在分手时把再会看得很容易。如今我和你都到了衰老之年，再不是轻易别离的时候。莫要说一杯酒平平淡淡，到明天怕再难举杯共饮。分别后我即使能在梦中寻你，也会迷不知路，用什么来安慰两处的相思呢？

宿 东 园〔1〕

沈 约

陈王斗鸡道，安仁采樵路〔2〕。东郊岂异昔，聊可闲余步〔3〕。野径既盘行，荒阡亦交互〔4〕。槿篱疏复密，荆扉新且故〔5〕。树顶鸣风飙，草根积霜露〔6〕。惊麏去不息，征鸟时相顾〔7〕。茅栋啸愁鸱，平冈走寒兔〔8〕。夕阴带层阜，长烟引轻素〔9〕。飞光忽我遒，宁止岁云暮〔10〕。若蒙西山药，颓龄倘能度〔11〕。

【注释】

〔1〕东园：在当时都城建康（今南京）郊外的风景胜地东田，园为沈约所建。

〔2〕陈王：即曹植，魏明帝时被封为陈王。斗鸡道：源自曹植《名都篇》中"斗鸡东郊道"。安仁：潘岳的字。潘岳，西晋荥阳中牟（今河南中牟）人，工于诗赋。采樵路：打柴的道路。按李善注，潘岳诗《东郊》，叹不得志也。出自东郊，忧心摇摇，遵彼莱田，言采其樵。"安仁采樵路"本于此。

〔3〕异：不同于。昔：指陈王、安仁所在的时代。聊：姑且。

〔4〕盘纡：纡回曲折。阡：田间小路，南北纵贯者称阡。

〔5〕槿篱：木槿篱笆。荆门：柴门。

〔6〕风飙：狂风。

〔7〕麏（jūn）：獐鹿。征鸟：远飞之鸟。

〔8〕茅栋：茅屋屋梁。愁鸱（chī）：哀鸣的鸱鸮。鸱鸮为猫头鹰一类的鸟。平冈：土坡。

〔9〕夕阴：犹言暮色。带：围绕。层阜：重重的山峦。轻素：薄而轻柔的绢类织物，这里形容暮烟。

〔10〕飞光：月光。遒：迫近。宁止：岂止。岁云暮：一年已尽。这里有老之将至的含意。

〔11〕蒙：得到。西山药：养生延年的灵药。本自曹丕《折柳行》："西山一何高，高高殊无极。上有两仙童，不饮亦不食。与我一丸药，光耀有五色。服药四五日，身体生羽翼。"颓龄：指人生衰老之期。

【译文】

　　这里是陈王斗鸡而解忧之道，这里是潘岳采樵以消愁之路。看来东郊和往昔没有两样，我也来为释闷且放开闲步。荒野的山道依然盘旋曲折，荒凉的大路还是交横延伸。疏了又密啊这木槿编的篱笆，新了还旧啊这荆条做的柴门。大树顶头呼啸着滚滚狂风，野草根下积掩着轻霜寒露。獐鹿受惊不停地急急奔去，高鸟远飞不时地回首相顾。猫头鹰在茅屋梁上哀号，寒天野兔在斜坡上面奔跑。茫茫暮色向层层山峦拢去，漫漫野烟展开似细薄丝素。月亮忽地迫临到我的头顶，老之将至啊这岂只是时迁岁暮。如果能够得到西山的灵药，也许衰老之年还可以虚度。

诏　　史〔1〕

张　协

　　昔在西京时，朝野多欢娱。蔼蔼东都门，群公祖二疎〔2〕。朱轩曜金城，供帐临长衢。达人知止足，遗荣忽如无。抽簪解朝衣，散发归海隅。行人为陨涕，贤哉此丈夫！挥金乐当年，岁暮不留储。顾谓四坐宾，多财为累愚。清风激万代，名与天壤俱〔3〕。咄此蝉冕客〔4〕，君绅宜见书〔5〕。

【注释】

〔1〕此诗歌颂了西汉时疏广、疏受叔侄功成身退，不恋荣华富贵的节操。

张景阳（？—307）名协，西晋大文学家，官至河间内史，与兄张载、弟张亢被时人称作"三张"。

〔2〕祖：外出之人祭路神之礼。二疏：即二疏，疏广、疏受叔侄二人。汉朝人，疏广任太子太傅，疏受任太子家令。在疏广倡议下，叔侄二人同日辞官还乡，都中士大夫为之送行。

〔3〕天壤：天地。

〔4〕蝉冕：侍中的帽子上加貂蝉为饰。

〔5〕绅：大带。子张曾把孔子关于作人的道理写在自己腰间的大带子上。此言二疏的事迹应写在腰带上，以供借鉴。

【译文】

西汉的时候，在朝在野都乐悠悠。繁华热闹东郭门，哀哀诸公饯广、受。朱轩照亮京城路，帷帐搭建大路口。达观之人知满足，天赐荣恩不遗留。解佩抽簪退隐去，散发辞官四海游。路人感动都落泪，多才之士有良谋。身外之物当丢掉，暮年钱财若云浮。回首还望四座客，多财多灾反为仇。如此高节垂万代，名共天地永长留。嗟乎高贵之伟人，名著青史万古悠。

览　　古 [1]

卢子谅

赵氏有和璧 [2]，天下无不传。秦人来求市，厥价徒空言 [3]。与之将见卖，不与恐致患。简才备行李 [4]，图令国命全。蔺生在下位，缪子称其贤 [5]。奉辞驰出境，伏轼迳入关 [6]。秦王御殿坐，赵使拥节前。挥袂睨金柱，身玉要俱捐 [7]。连城既伪往，荆玉亦真还 [8]。爰在渑池会，二主克交欢 [9]。昭襄欲负力，相如折其端。眦血下霑衿 [10]，怒发上冲冠。西缶终双击，东瑟不只弹 [11]。舍生岂不易，处死诚独难。稜威章台颠，强御亦不干 [12]。屈节邯郸中，俯首忍回轩 [13]。廉公何为者？负荆谢厥愆〔14〕。智勇盖当代，弛张使我欢〔15〕。

【注释】

〔1〕本诗叙述了蔺相如的主要事迹，歌颂了其大智大勇。卢子谅（284－350）名谌，晋文学家，曾官司空从事中郎。后依附石虎，死于乱军中。

〔2〕赵氏：赵国。和璧：和氏璧，宝玉。

〔3〕秦国昭王派使臣愿以十五座城为代价买下赵惠文王收藏的和氏璧。

〔4〕简才：选才。

〔5〕蔺生：蔺相如，时为宦者令舍人。缪子：缪贤，为赵国宦者令，他向赵王推荐蔺相如出使秦国。

〔6〕入关：入函谷关。

〔7〕袂：衣袖。金柱：饰金的柱子。此为蔺相如的动作。

〔8〕连城：此指十五座城。荆玉：和氏璧，为楚（亦称荆）国人所发现，故有此称。

〔9〕渑池：地名，在今河南省渑池县西，公元前279年，秦昭王与赵惠王在此相会。二主：秦赵两国君主。

〔10〕眦血：眦，眼角，眼角瞪裂而流血。

〔11〕西缶、东瑟：缶与瑟是两种乐器。渑池会上秦王命赵王鼓瑟，蔺相如胁迫秦王击缶。赵国在东方故称东瑟，秦国在西方故称西缶。

〔12〕稜：凌。章台：台名。干：侵犯。

〔13〕邯郸：城名，赵国都。回轩：回车。赵国大将廉颇扬言在途中如遇上蔺相如就要污辱他，蔺相如在途中望见廉颇的车马，为避免冲突，主动调转车子退让。

〔14〕负荆：背负荆条。厥愆：愆，过错。

〔15〕弛张：一张一弛，文武之道。此指蔺相如能屈能伸，在秦王面前盛气凌人，在廉颇面前谦和无比。

【译文】

战国时期赵国有宝贝和氏璧，是天下最珍奇的。秦人闻讯来求购，愿用十五城池作交易。卖与秦人恐有诈，不卖又怕伏战机。挑选人才出使秦国，国家安全数第一。相如职位太低下，幸有缪贤识其才能。受命出使赴秦国，驱车入关直向西。秦王在章台召见相如，相如相见有礼仪。挥袖横目望金柱，玉碎身殉将在即。连城之价原是假，完璧归赵有骨气。秦赵相约渑池会，双方国王盼解颐。那知秦王要逞强，相如立挫其端倪。眼眶欲裂鲜血流，怒发冲冠发脾气。秦王无奈一击缶，赵王鼓瑟两相宜。拼命一死非难事，为国争光大不易。相如奋威在章台，秦国居然不敢欺负赵国。邯郸城里甘愿受廉颇的污辱，俯首回车自退避。廉颇老将欲何为，负荆请罪识大体。智勇双全蔺相如，一张一弛天下稀。

张子房诗[1]

谢　瞻

王风哀以思，周道荡无章[2]。卜洛易隆替[3]，兴乱罔不亡。力政吞九鼎[4]，苛慝暴三殇[5]。息肩缠民思[6]，灵鉴集朱光[7]。伊人感代工[8]，聿来扶兴王[9]。婉婉幕中画，辉辉天业昌[10]。鸿门消薄蚀，垓下殒挱抢[11]。爵仇建萧宰，定都护储皇[12]。肇允契幽叟，翻飞指帝乡[13]。惠心奋千祀，清埃播无疆。神武睦三正，裁成被八荒[14]。明两烛河阴，庆霄薄汾阳[15]。鉴旃历颓寝，饰像荐嘉尝[16]。圣心岂徒甄，惟德在无忘[17]。逝者如可作，揆子慕周行[18]。济济属车士，粲粲翰墨场[19]。瞽夫违盛观，竦踊企一方[20]。四达虽平直，蹇步愧无良[21]。餐和忘微远，延首咏太康[22]。

【注释】

〔1〕此诗为谢瞻追思张良之作，历数张良之丰功伟绩。张子房，张良字子房。

〔2〕王风：王者之风俗；周道：周朝的气数。此二句言周王朝的风俗败坏，气数已尽。

〔3〕卜洛：周成王迁都洛阳时，先进行了占卜。隆替：兴废。

〔4〕力政：暴政，此指秦国。九鼎：鼎，国家之宝器，周朝九鼎被秦国索去。

〔5〕三殇：死者三人。此指由苛政逼死的三代人，事出《礼记·檀弓》孔子过泰山侧，遇一女子哭于墓侧，据女子言她的公爹、丈夫及儿子全被猛虎吃了，可是，她仍不愿离开此地，因为此地无苛政。孔子闻此，有"苛政猛于虎"之叹。

〔6〕息肩：放下担子休息，此指百姓的安乐生活。缠民思：萦绕民心。

〔7〕灵鉴：天察。

〔8〕伊人：指张良。代工：人代天工，指时代变化由人完成。

〔9〕聿：于是。

〔10〕幕中画：运筹帷幄，出计划策；天业：天子的事业。

〔11〕鸿门：鸿门宴。垓下：垓下之战。薄蚀：微弱的日蚀，搀抢：彗星。此薄蚀喻项羽鸿门宴害刘邦的诡计；此搀抢喻项羽。

〔12〕爵仇：授仇人以官位，指刘邦听从张良的计谋，封雍齿为侯爵，安定了军心。建萧宰：建议萧何为相也是张良的主意；定都：西汉定国都于西安是张良的建议；护储皇：保护太子，刘邦欲废太子而立赵王如意，吕后请张良设法保住了太子。

〔13〕契幽叟：指张良于圯上会老父得兵书一事；指帝乡：升天堂。

〔14〕神武：指刘宋朝高祖刘裕；三正：天、地、人；八荒：八方。

〔15〕明两：光辉天地；烛河阴：照亮河南；庆霄：祥云，薄汾阳：到汾河之北。河阴、汾阳为尧、舜居住之地。此二句形容刘宋高祖可与尧、舜比美。

〔16〕銮旗：旗帜，尝：秋季的祭礼，以神能尝新而得名。此二句泛指武功文治。

〔17〕甄：外表。

〔18〕逝者：死者；作：起来；揆：度量；周行：周道，此指刘宋王朝。

〔19〕属车士：指武士；翰笔场：文人活动的场所，此指文人。

〔20〕瞽夫：瞎子，此为作者自喻；违：离。此言瞎子不能见文章之盛况。竦踊：跳跃；企：踮起脚跟。

〔21〕蹇步：跛行。

〔22〕浪和：天下太平之意；延首：抬头。此二句为诗人自誓之辞，言面对太平景象，忘记了自己的卑微，引吭高歌。

【译文】

周朝王风衰以思，纲纪文章已式微。当年卜洛一何盛，所任无方日凌迟。强秦无道霸天下，暴此三良更惨凄。民众负重盼息肩，幸有火德显神威。以人代天张子房，扶助汉业佐刘邦。运筹帷幄有谋略，光辉大业日日昌。鸿门宴会制项羽，垓下之围灭霸王。分封雍齿立相国，定都护储功在良。始信老父赠兵书，乘云翻飞建帝乡。明惠之心垂千载，身后美名布四方。国朝三正天地人，化为德业永无疆。光辉照耀通上下，回首尧舜是榜样。銮驾亲临子房庙，表饰一新寄心潮。圣心岂止祭留侯，汉高之后德弥高。倘若死者能复活，张良亦复慕我朝。彬彬之盛随从者，挥笔疾书皆

张良

文豪。孤陋寡闻少见识，翘首企望路途遥。天下有道路且长，愧无良才答圣朝。滄和气顺忘微远，歌舞升平放声高。

答 灵 运

谢 瞻^[1]

　　夕霁风气凉^[2]，闲房有余清。开轩灭华烛^[3]，月露皓已盈。独夜无物役^[4]，寝者亦云宁。忽获愁霜唱^[5]，怀劳奏所成^[6]。叹彼行旅艰，深兹眷言情。伊余虽寡慰^[7]，殷忧暂为轻^[8]。牵率酬嘉藻^[9]，长揖愧吾生。

【注释】

　　〔1〕谢瞻（383—421）：南朝宋陈郡阳夏（今河南）人。名瞻，字宣远。谢灵运的堂兄。曾任参军、中书侍郎、豫章太守等。有诗名，有诗三卷，佚失。

　　〔2〕霁：雨后初晴。

　　〔3〕轩：窗。

　　〔4〕物役：被事务缠身。

　　〔5〕愁霜唱：指谢灵运寄来的诗。

　　〔6〕怀劳：感念人的劳碌。

　　〔7〕伊：句首助词，无义。

　　〔8〕殷忧：深忧。

　　〔9〕牵率：勉强。嘉藻：美好的词藻，指谢灵运的诗。

【译文】

　　雨后晚晴天气凉爽，清静的房内格外宁静。开窗吹灭蜡烛，月亮明而圆。深夜已不为事务缠身，睡觉都觉得安宁。忽然得到《秋霖》诗，有劳你如此至诚以诗赠我。为你正在路途备受艰难而叹息，也深深铭记对我眷恋之情。平日虽然缺少安慰，读诗之后重重忧愁暂时也得到减轻。我以草率的诗酬答你华丽辞藻，实在惭愧，只能长揖告罪了。

古 诗

五君咏之阮步兵

颜延之[1]

阮公虽沦迹[2]，识密鉴亦洞[3]。沉醉似埋照[4]，寓辞类托讽[5]。长啸若怀人[6]，越礼自惊众[7]。物故不可论[8]，途穷能无恸[9]？

【注释】

〔1〕颜延之（384—456）：字延年，刘宋琅琊临沂（今山东临沂）人。少孤贫好学，孝武帝时，为金紫光禄大夫。其诗与谢灵运齐名，号称"颜谢"，然伤于雕镂，不及谢诗自然。

阮　籍

〔2〕阮公：指阮籍，三国魏陈留尉氏（今河南尉氏）人，"竹林七贤"之一。曾做步兵校尉。故称阮步兵。本具济世之志，因不满现实，又恐遭谤祸。崇奉老庄之学，纵酒谈玄，口不言人过，明哲保身，得终天年。沦迹：隐没行迹。

〔3〕识：见识，知识。鉴：洞察能力。洞：透彻，深入。

〔4〕埋照：韬光，藏才不露。

〔5〕寓辞：寄托或隐含情志之辞。托讽：寄托讽喻。

〔6〕长啸：撮口作声。《晋书·阮籍传》：籍尝于苏门山遇孙登，与商略终古及栖神道气之术，登皆不应，籍因长啸而退。至半岭。闻有声若鸾凤之音，响乎岩谷，乃登之啸也。

〔7〕越礼：不拘于礼教。《世说新语》：阮籍嫂尝还家，籍见与别。或讥之，籍曰："礼岂为我辈设也！"

〔8〕物故：世事。

〔9〕恸：因悲哀至极而放声大哭。《晋书·阮籍传》："时率意独驾，不由径路，车迹所穷，辄恸哭而返。"

阮籍先生虽然隐居起来，但他的见识和洞能力却深入透彻。醉酒沉沉似乎是藏才不露，寓意于诗同样寄托讽喻。撮口大叫像在怀思友人，不拘礼法自让众人惊奇。世事险恶不可随意评论，世路穷尽怎不痛声涕泣？

五君咏之嵇中散

颜延之

中散不偶世[1]，本自餐霞人[2]。形解验默仙[3]，吐论知凝神[4]。立俗连流议[5]，寻山洽隐沦[6]。鸾翮有时铩[7]，龙性谁能驯[8]。

【注释】

〔1〕中散：嵇康（223—262）字叔夜。三国魏谯郡铚县（今安徽宿县）人。博学有奇才，志向超远。与魏宗室通婚，拜中散大夫。因公然诽毁礼法，拒绝与司马氏集团合作，被司马昭及钟会诬陷杀害。偶世：与俗世和谐。

〔2〕餐霞：是神仙家的一种修炼方法。《黄庭经》注中说，幻想感到日中五色流霞环绕，然后用意念将其吞入口中，进入丹田，以此作为一种得道的途径。此指嵇康天生具有得道的禀性。

〔3〕形解：即尸解，有形之体化去而为仙。顾凯之《嵇康赞》说，徐宁半夜听到室内有美妙的琴声，很奇怪，便去问鲍靓。鲍氏认为是嵇康在操琴，徐宁说："嵇康已被杀，为何还在这里？"鲍氏说："叔夜迹示终而实尸解。"验：证据，凭证。默仙：悄然成仙。

〔4〕吐论：指嵇康所著《养生论》。吐：说出，发表。凝神：意念专一，养生的一种方法。

〔5〕立：处于其间。俗：世俗。连：抵触。流议：流俗之见。

〔6〕洽：融洽。隐沦：隐士。此指嵇康能与山中隐者融洽相处。

〔7〕鸾翮：鸾鸟的翅膀。鸾，传说中凤凰一类的鸟，五彩而多青色。铩：摧残。

〔8〕龙性：喻嵇康高洁超凡。《晋书·嵇康传》说钟会进谗："嵇康，卧龙也。"驯：使之驯服。

【译文】

嵇康他不于世俗和谐，本来就像餐霞得道之人。形体消失证明他悄然成仙，从他写作著书知道他养生凝神。身处俗世却敢抵触庸议，寻山而游投情于隐者之伦。鸾凤的羽翼有时也遭到摧杀，超凡脱俗的龙性谁能使之驯顺。

五君咏之向常侍

颜延之

向秀甘淡薄〔1〕，深心托豪素〔2〕。探道好渊玄〔3〕，观书鄙章句〔4〕。交吕既鸿轩〔5〕，攀嵇亦凤举〔6〕。流连河里游〔7〕，恻怆山阳赋〔8〕。

【注释】

〔1〕向秀（生卒年不详）：字子期，河内怀（今河南武陟县西南）人。"竹林七贤"之一。雅好读书，尤喜老庄，曾注《庄子》。嵇康被杀后，应征入洛，官至黄门侍郎散骑常侍，故称向常侍。甘：情愿。淡薄：清静恬淡。

〔2〕深：真诚。托：托付与。豪素：这里指笔和纸。又借指诗文著作。"豪"通"毫"。

〔3〕探：探讨，推究。道：道术。此指向秀雅好老、庄之学。《世说新语》说向秀"于旧注外为解义，妙析奇致，大畅玄风"。渊玄：深奥、玄妙。

〔4〕鄙：轻视。此指向秀曾给《庄子》作注。轻视俗儒章句之学。《晋书·向秀传》说："儒墨之迹见鄙，道家之言遂盛焉。"章句：指注经籍者只分析其章节句读的风气。

〔5〕吕：即吕安。魏东平人，有不羁之才，心中旷放，与嵇康友善。向秀曾与其灌园于山阳。吕安后来被诬为不孝，钟会劝司马昭将他杀死。嵇康为其辩护，亦被杀。

〔6〕攀：这里指结交，交好。嵇：嵇康。《晋书·嵇康传》说嵇康为龙章凤姿。举：飞。

〔7〕流连：留恋不舍。河里：即河内。山阳县：今河南修武县。向秀《思旧

赋》说："济黄河以泛舟兮,经山阳之旧居。"

〔8〕恻怆:悲忧。山阳赋:即《思旧赋》,是向秀从洛阳归来经过嵇康在山阳的旧居,有感嵇康、吕安之死而作的一篇赋。鲁迅先生曾说这篇赋是刚开头便煞尾了。是向秀在黑暗恐怖的政治形势下,所写的简短而含蓄的文字。

【译文】

向秀平生最爱清静恬淡,把心思全部放在笔纸之间。探讨老庄之学喜欢求深求玄,读书著述只分析其章节句读。交识的吕安像高飞的鸿雁,结好的嵇康如鸾凤腾飞云天。思念故友,因而他在河内徘徊流连,凄切悲痛有那《山阳赋》一篇。

拟明月何皎皎

陆 机

安寝北堂上〔1〕,明月入我牖〔2〕。照之有余晖,揽之不盈手。凉风绕曲房〔3〕,寒蝉鸣高柳。踟蹰感节物〔4〕,我行永已久〔5〕。游宦会无成〔6〕,离思难常守。

【注释】

〔1〕寝:卧。堂:正室。
〔2〕牖(yǒu):窗户。
〔3〕凉风:北风。曲房:带回廊的屋子。
〔4〕节物:季节景物。
〔5〕我行:离开我而远行。
〔6〕游宦:远游仕宦。

【译文】

卧躺在北面正房里,明月照进我的窗户。月亮照耀室内有皎洁的余光,伸手揽取却不能将它满把握在手里。北风吹绕着带回廊的屋子,暮秋的寒蝉在高高的柳枝上鸣叫,踟蹰徘徊,感叹这秋天的影物,远游的人离开我远行已经很久。出外的游宦仕途必当没什么成就,长长的相思源于不能长相厮守。

招 隐 诗

陆 机[1]

明发心不夷，振衣聊踟蹰[2]。踟蹰欲安之，幽人在浚谷[3]。朝采南涧藻，夕息西山足[4]。轻条像云构，密叶成翠幄[5]。激楚伫兰林，回芳薄秀木[6]。山溜何泠泠，飞泉漱鸣玉[7]。哀音附灵波，颓响赴曾曲[8]。至乐非有假，安事浇淳朴[9]。富贵苟难图，税驾从所欲[10]。

【注释】

〔1〕陆机（261—303）：西晋吴郡（今江苏苏州）人。三国吴丞相陆逊之孙、大司马陆抗之子。吴时任牙门将，吴亡回乡读书。得张华赏识，为二十四友之一。其诗形式华美，技巧纯熟，有"陆才如海"之誉。

〔2〕明发：天色微明的时候。夷：安坦欢悦。振：整。聊：姑且。踟蹰：徘徊。

〔3〕幽人：隐居不仕的人。浚：深。

〔4〕藻：水草名，古人用以供食。《诗经·召南·采蘋》说："于以采蘋，南涧之滨。于以采藻，于彼行潦。"这里暗用其典，形容隐居生活。西山：史载伯夷、叔齐隐于首阳山，义不食周粟，而作歌道："登彼西山兮，采其薇矣。"这里也暗用典来形容隐居生活。

〔5〕云构：形容大厦之高与美。幄：帷帐。

〔6〕激楚：楚歌名。按此二字乃"结风"之误。结风：旋风。伫：久立不动。兰林：兰草丛生之地方。回芳：漾动的芳香。薄：靠近。秀木：美丽的林木。

〔7〕山溜：指高处流下的涧水。泠泠（líng）：象声词，形容水声清越。漱：涤荡。

〔8〕哀音：本指哀婉的乐曲，此借指流泉清幽之声。灵波：对水波的美称。颓响：余音。曾：层、重叠。曲：指曲折的山谷。

〔9〕至乐：《庄子》有《至乐》篇，认为最大的快乐便是"无为"。隐者超越一切，恬淡无为，正臻"至乐"境界。假：凭借。浇：鄙薄。

〔10〕税驾：本指停车。这里喻终止对富贵的追求。从所欲：指随所遇而自适，无为而为。

【译文】

早晨心情不爽，披衣走来走去。想到何处去呢，想到隐士隐于深山幽谷。他们早晨到南边山涧采藻，晚上就住在西山脚下。轻柔的树枝象高大建筑，茂密的树叶如同翠色篷帐。风儿停留在有兰花的树林，香气荡于秀美的林间。山溪流水潺潺，瀑布泻下如珠玉飞溅。哀怨的水声附于神奇的水波，渐低渐缓的水声流向深谷。凭借自然之力得来的大快乐，有什么比这更为淳朴？如果说富贵难求，那么像弃车一样放弃仕途，按自己所愿去生活。

赴洛道中作二首〔1〕

陆 机

总辔登长路〔2〕，呜咽辞密亲〔3〕。借问子何之？世网婴我身〔4〕。永叹遵北渚〔5〕，遗思结南津〔6〕。行行遂已远，野途旷无人。山泽纷纡余〔7〕，林薄杳阡眠。虎啸深谷底，鸡鸣高树巅。哀风中夜流〔8〕，孤兽更人前。悲情触物感，沉思郁缠绵，伫立望故乡，顾影凄自怜〔9〕。

远游越山川，山川修且广〔10〕。振策陟崇丘〔11〕，案辔遵平莽〔12〕。夕息抱影寐〔13〕，朝徂衔思往〔14〕。顿辔倚嵩岩〔15〕，侧听悲风响。清露坠素辉〔16〕，明月一何朗！抚枕不能寐，振衣独长想〔17〕。

【注释】

〔1〕此诗作于吴国被西晋灭亡之后，陆机应晋朝皇帝征召进京的途中。陆机是吴国的名士，长于权门，以亡国之身应诏北上，虽说没有生命危险，但前途如何，仍属渺茫，所以诗人沿途触物伤情，一片愁苦萦怀。

〔2〕总辔：拉起缰绳。辔：缰绳。

〔3〕密亲：家中的亲人。

〔4〕婴：缠绕、加。

〔5〕遵：向着。渚：小洲。

〔6〕南津：南边的渡口。

〔7〕纡余：弯曲、曲折。

〔8〕流：吹拂。

〔9〕顾影：回头看自己的影子。

〔10〕修：长。

〔11〕振策：挥动马鞭。陟：登。

〔12〕案辔：拉住马缰绳。案：同"按"。平莽：平野。

〔13〕夕息：晚上休息。

〔14〕徂：开始，往。衔思：满怀思绪。

〔15〕顿辔：勒马。嵩岩：高岩。

〔16〕素辉：洁白的月光。

〔17〕振衣：披衣。

【译文】

挽马登上长路，哭着辞别了亲人。要问我要到哪里去，世事如网一样缠着我身。长声叹息沿着北边水洲前行，离别的愁思仍郁结南边故乡的渡口。走啊走啊越走越远，荒野的途中没有行人。山野水泽曲折回绕，稀疏的山林在小路旁沉寂而睡。猛虎在深谷底长啸，山鸡在高树顶啼鸣。萧瑟的凉风在半夜里吹起，孤独的野兽走到人的跟前，触物生情悲从中来，万般思绪挥之不去。伫立山头啊，遥望故乡，看着自己的影子自怜自伤。

去洛阳要翻山涉水，山水又长又广阔。挥鞭催马登上高山，握紧缰绳走过平野。晚上守着自己的影子独睡，早上又满怀愁思前行，停马倚靠着山岩，侧耳听悲风呼啸。晶莹的露珠在洁白的月光下一滴滴坠落，皎洁的明月朗照着大地。抚着枕头难以入睡，披衣起来独想难测的命运。

猛 虎 行

陆 机

渴不饮盗泉水[1]，热不息恶木阴[2]。恶木岂无枝？志士多苦心。整驾肃时命[3]，杖策将远寻[4]。饥食猛虎窟，寒栖野雀林[5]。日归功未建[6]，时往岁载阴[7]。崇云临岸骇[8]，鸣条随风吟[9]。静言幽谷底[10]，长啸高山岑[11]。急弦无懦响[12]，亮节难为音[13]。人生诚未易，曷云开此衿[14]？眷我耿介怀[15]，俯仰愧古今。

【注释】

〔1〕盗泉：水名，在今山东泗水县东北。《尸子》载，孔子经过盗泉，因讨厌这个泉名，虽口渴而不饮其水。

〔2〕恶木：形状难看的树。李善注引《管子》说，怀耿介之心的志士，不在恶木的树枝下乘凉。

〔3〕肃：恭敬。时命：当时君王的命令。

〔4〕远寻：远行。

〔5〕"饥食"二句：古辞《猛虎行》："饥不从猛虎食，暮不从鸟雀栖。"这里反其意而用之，是说环境艰苦，无可选择。

〔6〕日归：太阳西落，指盛年已过去。

〔7〕岁载阴：岁已近暮。载，则。

〔8〕崇：高大。骇：突起。

〔9〕鸣条：因风吹而响的枝条。

〔10〕言：语助词。静言：亦可作独言，与下句"长啸"对偶。

〔11〕山岑（cén）：小而高的山。

〔12〕急弦：绷得很紧的弦。

〔13〕亮节：品德高尚，节操坚贞。

〔14〕曷：怎么。衿：也作襟，指胸襟。

〔15〕眷：回顾。耿介：正直。

【译文】

渴了也不喝盗泉的水，热了也不在形状难看的树下休息。丑陋的树也有枝条，但壮士爱惜声名的用心良苦。恭敬地听从君命，扶杖开始远行。饿了在猛虎穴旁进食，寒夜就住在野雀栖息的树林休息。岁月流逝，功名未建，转眼又到岁暮之时。天空的云朵由河岸涌起，树枝在寒风中发出悲鸣。无言漫步在谷底，在山顶仰天长啸。急弓发出的不是懦弱之声，高风亮节的人却很难说话。人生在世确实不容易，怎么能说轻易就可敞开胸襟呢？自怜我正直的心怀，实在是对不起古往今来的人。

从 军 行

陆 机

　　苦哉远征人，飘飘穷四遐〔1〕。南陟五岭巅〔2〕，北戍长城阿〔3〕。深谷邈无底〔4〕，崇山郁嵯峨〔5〕。奋臂攀乔木，振迹涉流沙〔6〕。隆暑固已惨，凉风严且苛〔7〕。夏条焦鲜藻〔8〕，寒冰结衡波〔9〕。胡马如云屯〔10〕，越旗亦星罗〔11〕。飞锋上无绝影〔12〕，鸣镝自相和〔13〕。朝食不免胄〔14〕，夕息常负戈〔15〕。苦哉远征人，抚心悲如何〔16〕！

【注释】

〔1〕穷：尽。四遐（xiá）：四方。

〔2〕陟（zhǐ）：升，登。

〔3〕戍：守卫。

〔4〕邈（miǎo）：久远。

〔5〕郁：茂盛。嵯峨：高高的。

〔6〕振：用力。

〔7〕苛：苛酷。

〔8〕焦：烤干。又作"集"。

〔9〕衡：平。

〔10〕屯：集聚。

〔11〕罗：布满。

〔12〕绝：断。

〔13〕鸣镝：发出响声的箭头。

〔14〕胄（zhòu）：古代士兵打仗戴的帽子。

〔15〕戈：刀枪。

〔16〕抚：轻轻地按着。如何：即何如，悲如何，说痛苦很深。

【译文】

最苦的是行役之人，奔走于南北西东。向南走上五岭高峰，向北守卫着长城，穿过长而深的山谷，登上苍郁巍峨的岭。振奋精力攀上乔木，艰苦跋涉流沙之中。暑天本已非常惨毒，隆冬季节更加难行。夏条烤焦鲜藻湿热，天寒水波冻结成冰。胡马如云聚集成堆，越旗如星满布边境。飞枪没有断绝踪影，箭头鸣叫相互呼应。清晨吃饭不解衣帽，晚上常背着刀枪入梦，远征行役之人最苦，抚心细想悲愤不平。

重 赠 卢 谌

刘　琨〔1〕

握中有悬璧〔2〕，本自荆山璆〔3〕。惟彼太公望〔4〕，昔在渭滨叟。邓生何感激〔5〕，千里来相求。白登幸曲逆〔6〕，鸿门赖留侯〔7〕。重耳任五贤〔8〕，小白相射钩〔9〕。苟能隆二伯〔10〕，安问党与仇。中夜抚枕叹，想与数子游〔11〕。吾衰久矣夫，何其不梦周〔12〕。谁云圣达节〔13〕，知命故不忧。宣尼悲获麟，西狩涕孔丘〔14〕。功业未及建，夕阳忽西流。时哉不我与，去乎若云浮。朱实陨劲风〔15〕，繁英落素秋。狭路倾华盖〔16〕，骇驷摧双辀〔17〕。何意百炼刚〔18〕，化为绕指柔〔19〕。

【注释】

〔1〕刘琨（276—318）：字越石，西晋中山魏昌（今河北省无极县东北）人，好老庄之学，曾任并州刺史。忠于晋室，后为段匹磾杀害。其诗内容悲壮

慷慨，风格清拔。

〔2〕悬璧：即玄璧、县璧，美玉名。

〔3〕璆（qiú）：美玉。

〔4〕太公望：即姜尚、姜子牙、姜太公、吕尚。姓姜，吕氏，名望，字子牙。相传他七十二岁时垂钓渭水滨，遇文王而被任用为太师，后辅佐武王伐纣兴周，封于齐。

〔5〕邓生：即邓禹，字仲华。东汉时人，曾从南阳追奔汉光武帝于邺（今河北省临漳县西南），不远千里相投。

〔6〕白登、曲逆：均为地名。白登在今山西大同东北，曲逆在今河北完县一带。公元前200年，汉高帝被匈奴围困于白登七日，用陈平之计解围，南过曲逆，诏御史封陈平为曲逆侯。

〔7〕此句：楚汉之际，项羽在鸿门设宴请刘邦，项羽部下想在席间杀刘邦，幸得张良策划防备，才得以幸免。鸿门：在今陕西临潼东北。留侯：张良被封为留侯。

〔8〕此句：晋公子重耳因其父立幼子为嗣，在外逃亡十九年，幸有五位贤臣跟随。返国后重耳为晋文公，重用五位贤臣。

〔9〕此句意为：春秋时，齐公子小白与公子纠争王位，管仲事公子纠，曾欲射杀公子小白而射中了他的衣带钩。小白即位为齐桓公，俘获管仲，不但不记前仇还任其为相。

〔10〕二伯：指晋文公与齐桓公两位霸主。

〔11〕数子：指上文中提到的几位贤良。

〔12〕此二句意为：孔子想恢复周礼，因此时时梦见周公。他年老后曾感叹："甚矣吾衰也，久矣吾不复梦见周公。"

〔13〕圣达节：圣人深知自己的本分。节，分。

〔14〕宣尼：即孔子，汉平帝时追谥他为褒成宣尼公。悲获麟：孔子认为麟是仁兽，是圣王的嘉瑞，但因无圣主却获麟，所以孔子悲泣。

〔15〕朱实：红色的果实。

〔16〕华盖：车盖。

〔17〕骇句：驷马遇惊使两车辕木摧折。驷马，四匹马拉的车。辀（zhōu）：车辕。

〔18〕百炼刚：指自己的意志本是非常坚强。

〔19〕绕指柔：指物体柔软得可在手指间缠绕。这里指自己的情感因为卢谌而变得柔弱。

【译文】

手握的玄璧美玉，本是楚山的美璆。名垂千古的姜太公，本是渭滨垂钓老叟。邓禹千里奔汉光武帝，为求知音慨然相投。白登之困幸有陈平解围，鸿门之危全赖张良计谋。晋侯用相随十九年的贤臣，桓公不计管仲曾射中他的衣钩。谁若再有辅佐二位霸主之才，哪管他曾是同党还是敌仇。半夜抚枕感叹，想与上述前贤同游。孔子感叹自己衰老，长久不与周公梦游。谁说圣人深知本分，才乐天知命不知忧。孔子悲麒麟不遇圣主，掩袂西苑涕泗流。功业尚未建，夕阳已匆匆西走。时间不等待我，去若浮云远游。熟透的果被劲风吹落，繁荣飘零在萧瑟的深秋。你我狭路倾盖相遇，惊骇的马摧折辕轴。我那百炼成钢的意志，为你而情感缠绵温柔。

赠张徐州稷〔1〕

范 云

　　田家樵采去〔2〕，薄暮方来归。还闻稚子说〔3〕，有客款柴扉〔4〕。傧从皆珠玑〔5〕，裘马悉轻肥〔6〕。轩盖照墟落〔7〕，传瑞生光辉〔8〕。疑是徐方牧〔9〕，既是复疑非。思旧昔言有，此道今已微。物情弃疵贱〔10〕，何独顾衡闱〔11〕。恨不具鸡黍〔12〕，得与故人挥〔13〕。怀情徒草草〔14〕，泪下空霏霏。寄书云间雁，为我西北飞〔15〕。

【注释】

　　〔1〕范云（451—503）：字彦龙，南乡舞阴（今河南浙川南）人。仕齐官至广州刺史，入梁为武帝知遇，晋升尚书右仆射，领史部。其文思敏捷，下笔辄成，曾为齐竟陵王萧子良"竟陵八友"之一。今存诗三十八首，文三篇。张徐州稷：指徐州刺史张稷，系范云旧友。

　　〔2〕田家：作者自称。樵采：打柴。此时作者落职，故云。但未必是实情。

　　〔3〕还闻：回来听说。

　　〔4〕款：叩。柴扉：柴门。

　　〔5〕傧从：随从。珠玑：据《史记》载，赵平原君派使者去楚国，为了炫耀，使者皆"为玳瑁簪，刀剑并以珠饰之"。即其出处。

　　〔6〕此句典出《论语》："（公西）赤之适齐也，乘肥马，衣轻裘。"悉：尽。

〔7〕轩盖：车上的伞盖。墟落：村落。

〔8〕传瑞：符信，官员身份的牌照。

〔9〕徐方牧：徐州刺史，即张稷。

〔10〕物情：世情。疵贱：卑贱。

〔11〕衡闱：衡门，即上文之柴扉。典出《诗经·衡门》。

〔12〕具鸡黍：杀鸡作黍。据《后汉书》：山阳范式与汝南张劭为友，春别京师时，范约定九月十五日到张家看望，到了这一天张在家杀鸡作黍，范果然不远千里来到，范张鸡黍遂传为美谈。这里巧用此典，姓氏正好相同，恰到好处。

〔13〕挥：挥酒，饮酒。典出陶渊明《还旧居》："一觞聊可挥"。

〔14〕草草：忧愁、劳心貌。

〔15〕西北：指徐州。

【译文】

　　清晨我进山去采樵，黄昏时我挑柴薪回到家。放下担听小儿子详细述说：在今天有客人叩我家门。随从人佩珠玑还有玳瑁，穿轻裘乘肥马奔驰如云。车上伞盖极辉煌以致照亮村落，捧符节执瑞信光耀行人。我猜想来客是徐州太守，先肯定后怀疑没有这种可能。拜访老朋友固然是传统风气，此美德今天已荡然无存。目前的世情是爱富嫌贫，为什么车骑来对我访问？恨未能烹肥鸡蒸熟小米，茅屋中与故人畅叙衷情。满胸怀聚深情忧思不已，洒泪珠密如雨沾湿衣襟。把书信交与那云间鸿雁，请为我向西北迅速飞行。

阳县作二首〔1〕

潘　岳

微身轻蝉翼，弱冠忝嘉招〔2〕。在疚妨贤路，再升上宰朝〔3〕。猥荷公叔举，连陪侧王寮〔4〕。长啸归东山，拥耒耡时苗。幽谷茂纤葛，峻岩敷荣条。

落英陨林趾，飞茎秀陵乔。卑高亦何常，升降在一朝。徒恨良时泰[5]，小人道遂消。譬如野田蓬，斡流随风飘[6]。昔倦都邑游，今掌河朔徭。登城眷南顾，凯风扬微绡[7]。洪流何浩荡，修芒郁岧峣[8]。谁谓晋京远？室迩身实辽。谁谓邑宰轻？令名患不劭[9]。人生天地间，百岁孰能要？颎如槁石火，瞥若截道飙[10]！齐都无遗声，桐乡有余谣[11]。福谦在纯约，害盈犹矜骄。虽无君人德，视民庶不佻[12]。

日夕阴云起，登城望洪河。川气冒山岭，惊湍激岩阿。归雁映兰畤[13]，游鱼动圆波。鸣蝉厉寒音，时菊耀秋华[14]。引领望京室，南路在伐柯[15]。大夏缅无规[16]，崇芒郁嵯峨。总总都邑人，扰扰俗化讹[17]。依水类浮萍，寄松似悬萝。朱博纠舒慢，楚风被琅邪[18]。曲蓬何以直？托身依丛麻。黔黎竟何常？政成在民和。位同单父邑，愧无子贱歌[19]。岂敢陋微官？但恐忝所荷。

【注释】

〔1〕此二首诗是潘岳任河阳（河南孟县）县令时作的，多有自勉自励之词。

〔2〕嘉招：被委任。

〔3〕疚：病；上宰朝：司空太尉府。

〔4〕公叔：公叔文子，春秋卫国大夫，他推荐手下人与自己同当大夫；陪：陪臣、家臣；王寮：王府。潘岳曾被太尉推荐为郎，所以才写下这以古喻今的诗句。

〔5〕泰：《易经·泰卦》。

〔6〕斡流：旋转流动。

〔7〕凯风：南风；绡：丝织的帐、帘。

〔8〕修芒：高大的北芒岭。

〔9〕劭：美。

〔10〕颎：光亮；瞥：转瞬。

〔11〕"齐都"二句：指齐景公虽有车千乘，但死后无人思念；桐乡：指汉朝桐乡啬夫朱

邑，公正廉直，虽官职卑微，死后乡人用讴歌纪念他。

〔12〕君人：治理人民；恌：简慢，不负责。

〔13〕兰畤：兰沚，长满了兰草的水中高地。

〔14〕厉：高；华：花。

〔15〕伐柯：意为不远，《诗经》："伐柯伐柯，其则不远"。

〔16〕大夏：洛阳宫的大夏门。

〔17〕总总、扰扰：杂乱、众多；俗化讹：风俗变伪。

〔18〕朱博：汉朝琅邪太守，上任后整顿吏治，纠正散慢之习；楚风：楚地守礼仪的好风气。

〔19〕单父邑：古代宓子贱任单父县县令，弹琴咏歌，身不下堂，单父县大治。

【译文】

　　我自身卑微像蝉翼般轻，二十岁就承蒙太尉推荐。因久病曾妨碍贤人进升，再擢升进入了宰府门庭。深感谢贤太尉一再推举，使我能连续任皇亲家臣。不久又归东山长啸烟云，持耒耜来到田间种地。幽谷中歪斜的小路上长满细葛藤，青树枝遍布在峻岩峻岭。落花瓣积满了丛林树根，细飞茎长遍了高低丘陵。低官职高爵位哪能固定，升青云降尘埃只是一瞬。所遗憾清明世久未来临，如来临小人的邪气难存。他们像田野间无根蓬草，只能够顺疾风旋转飞行。我过去游京都曾感厌倦，到今朝又来河阳县城任职。站在这城墙上向南观看，轻绡幕随和风飘荡翻卷。黄河水奔腾急波涛浩瀚，北芒山林深郁高入云天。谁能说河阳城离京遥远，有的人身虽近心在天边。谁能说县令是芝麻小官，怕的是无美名才感羞愧。千万人生活在天地之间，有几人寿命长活满百年？敲石头灭火花光辉短暂，卷地风势强劲转瞬不见。齐景公只爱马身后寂寞，朱晋夫因清廉享祀百年。谦受福全在于约束自己，盈招害都因为骄矜自满。我虽然不具备治民德才，对百姓定做到息息相关。

　　黄昏时阴云布满天空，登城楼望黄河蜿蜒曲折。白色的水蒸气飘浮山顶，汹涌的波涛激荡岩岸。南归雁投影于兰芷水边，水中鱼涌微波鄒鄒起圈。树梢头寒蝉鸣声急响远，篱畔菊绽黄花金光璀璨。抬起头仰望那京都皇室，川原上路蜿蜒相去不远。大夏门在雾中看不见，北芒山林深郁高峰凌天。都邑中聚居的众多百姓，纷乱的旧习俗应当改变。官与民似浮萍依附水面，又好似女萝藤绕于松干。朱博曾纠正过散漫齐俗，楚良风在齐地形成发展。弯曲的蓬蒿草何以能直？都因为生长于丛麻中间。百姓的陋习俗如何改变？要成功须官民和谐无间。地位与单父县主管相等，惭愧无子贱的巨大贡献。哪里敢轻视这县令职位，只恐怕挑不起这副重担。

在怀县作二首 [1]

潘 岳

　　南陆迎修景，朱明送未垂 [2]。初伏启新节，隆暑方赫羲 [3]。朝想庆云兴，夕迟白日移 [4]。挥汗辞中宇，登城临清池，凉飙自远集，轻襟随风吹。灵圃耀华果，通衢列高椅 [5]。瓜瓞蔓长苞 [6]，姜芋纷广畦。稻栽肃仟仟 [7]，黍苗何离离。虚薄乏时用，位微名日卑。驱役宰两邑，政绩竟无施。自我违京辇 [8]，四载迄于斯。器非廊庙姿 [9]，屡出固其宜！徒怀越鸟志，眷恋想南枝。春秋代迁逝，四运纷可喜 [10]。宠辱易不惊，恋本难为思。

　　我来冰未泮，时暑忽隆炽。感此还期淹，叹彼年往驶。登城望郊甸，游目历朝寺 [11]。小国寡民务，终日寂无事。白水过庭激，绿槐夹门植。信美非吾土 [12]，只搅怀归志。眷然顾巩洛 [13]，山川邈离异。顾言旋旧乡，畏此简书忌 [14]。只奉社稷守，恪居处职司。

【注释】

　　〔1〕此二首诗为潘岳任怀县县令时作，既抒发了不被重用的牢骚，又勉励自己勤于政事。怀县，在今河南武陟县西南。

　　〔2〕朱明：夏天；末垂：指春末。

　　〔3〕初伏：夏至后第三个庚日；赫羲：盛。

　　〔4〕庆云：祥云；迟：慢，嫌太阳落的迟缓。

　　〔5〕高椅：高大的椅树。

〔6〕苞：根。

〔7〕仟仟：言其茂。

〔8〕京华：京城。

〔9〕廊庙：朝廷，廊庙器，指代大臣。

〔10〕四运：四时运行。

〔11〕寺：尚书、御史等官的衙门。

〔12〕信：实在；吾土：故乡。

〔13〕巩洛：潘岳父母葬于此地。

〔14〕简书：委任的命令。

【译文】

　　白天长夜晚短夏季来临，夏天的阳光送走残春。进入初伏表示新的季节到来，到盛夏大地上炎热光明。早上想彩云起遮蔽烈日，黄昏盼太阳迅速西沉。擦掉热汗走出了屋宇之中，登城楼临清池河水清清。凉爽风从远方阵阵吹来，吹拂着我身上轻薄衣襟。园林中花与果五彩斑斓、硕果累累，大道上摆着高椅长凳。大小瓜藤蔓像长长苞草，姜和芋在畦田绿叶纷呈。田里禾已长得茁壮芊绵，土中黍也长得繁密茂盛。我缺乏合时的品德才干，论地位谈名声日益卑贱。短期中驱使我主管两县，理政才治民术无从施展。自从我离开京都洛阳，转眼间到今天已经四年。本来就不是那栋梁之材，只适合在外地长期辗转。空怀着越鸟的拳拳之心，日夜对南边树深深眷恋。春去秋来时节更替，四季节忙运转令人喜欢。受恩宠蒙耻辱不足惊异，怀故乡才叫人苦痛思念。

　　我来时正是天寒地冻的冬天，转眼间又面临夏日炎炎。有感于回故乡遥遥无期，看韶光如流水令人浩叹。登城墙遥望那郊外平原，看到朝官办公地点。小县城百姓少事务有限，整日在寂寞中虚度华年。白流水势湍急绕过庭前，绿槐树两长行列门两边。怀县城虽美好非我故土，无尽的思乡情把心搅乱。依恋地回头望巩、洛那边，故乡的山与水相距遥远。我衷心想回到旧日家园，又想起官诫书使我忌惮。只能够奉君命为国守土，谨慎地尽职守不可怠慢。

悼亡诗三首（选一）^[1]

潘岳^[2]

　　皎皎窗中月，照我室南端。清商应秋至^[3]，溽暑随节阑^[4]。凛凛凉风生，始觉夏衾单。岂曰无重纩^[5]，谁与同岁寒。岁寒无与同，朗月何胧胧。展转眄枕席^[6]，长簟竟床空^[7]。床空委清尘，室虚来悲风。独无李氏灵^[8]，仿佛睹尔容。抚衿长叹息，不觉涕沾胸。沾胸安能已，悲怀从中起。寝兴目存形^[9]，遗音犹在耳。上惭东门吴^[10]，下愧蒙庄子。赋诗欲言志，此志难具纪。命也可奈何，长戚自令鄙^[11]。

【注释】

〔1〕潘岳的《悼亡诗》共三首，作于元康六年（296）其亡妻丧服已满后。

〔2〕潘岳（247？—300），字安仁，荥阳中牟（今河南中牟东）人。幼年时聪慧善文，被称为奇童。晋武帝时举秀才为郎，做过县令，后任给事黄门侍郎。其文章"烂若披锦"，词藻绝丽，与陆机齐名，并称潘陆。尤其善写哀伤诗。

〔3〕清商：指秋风。

〔4〕溽暑：夏天潮湿而闷热的天气。随节阑：随着节令转换而消退。阑，将近，消退。

〔5〕重纩：两层丝绵，指厚被子。

〔6〕眄：斜视。

〔7〕簟：竹席。

〔8〕李氏：指汉武帝宠妃李夫人。方士少翁为安慰汉武帝思念之情，曾设烛张幄，为武帝招李夫人灵，使二人在梦中相见。

〔9〕寝兴：睡着时和醒来时，犹言日夜。

〔10〕东门吴：《战国策·秦策》记载了"梁人东门吴"，其子死而不忧的故事。而世遂以东门吴作为丧失亲人而达观不忧的典型。

〔11〕自令鄙：自己鄙视自己。

　　窗前皎洁的月光，照在我居室的南端。秋风送来秋日的凉爽，潮湿闷热随着节令消退。凉风阵阵袭来，才觉夏天被子的单薄。哪里是因为被中丝绵太薄？分明是无人与我一起经历风寒。寒夜里无处倾诉，看窗外明月也变得朦胧。辗转难眠时看那枕席，竹席下依然是空旷的床铺。床铺空空会招来灰尘，卧室空旷会吹来阴风。何不像李夫人那样显灵？让我在恍惚中睹你面容。手抓衣襟长叹息，不觉涕泪沾湿胸前衣。涕泪沾衣止不住，心中阵阵起伤悲。日夜眼前浮现你的身影，熟悉的声音在耳边回响。上不如东门吴丧子不悲，下不如庄子丧妻而歌。想要写诗抒发心志，此时的心情却无法表达。面对命运我无可奈何，终日悲戚连自己都鄙视自己！

思 子 诗 [1]

潘岳

　　造化甄品物 [2]，天命代虚盈 [3]。奈何念稚子，怀奇损幼龄 [4]。追想存仿佛，感道伤中情 [5]。一往何时还，千载不复生。

【注释】

　　〔1〕这是潘岳追思幼子的一首悼亡诗。潘岳在生活中屡遭不幸，元康八年（298）他的爱妻去世，一年以后，他依然沉浸在深深的哀伤痛苦之中，于是写下著名的《悼亡诗》三首。大约在此前后，他年幼的儿子也不幸死去，更令他悲痛欲绝。

　　〔2〕造化：指自然界。甄：选择，甄别。品物：自然界的事物。

　　〔3〕盈虚：虚实，指事物的消长生灭变化。

　　〔4〕怀奇：胸怀远大奇伟的志向和抱负，拥有异于常人的禀赋。

　　〔5〕感道伤中情：感念丧子之痛，心中无比忧伤。中情又称中诚，见于屈原《离骚》："众不可户说兮，孰云察余之中情"，指内心深处。

【今译】

　　造物主对万物进行甄别淘汰，天命无常本来就是生灭更迭。怎奈我无法抑制对幼子的思念，胸怀奇志却早早死去。追想音容仿佛他就在眼前，心中百感交集痛彻肺腑。这一去何时才能回还，千年万载也难以复生了！

迎 大 驾 [1]

潘正叔

南山郁岑崟，洛川迅且急。青松荫修岭，绿蘩被广隰[2]。朝日顺长途，夕暮无所集[3]。归云乘幰浮，凄风寻帷入[4]。道逢深识士，举手对吾揖。世故尚未夷，崤函方险涩[5]。狐狸夹两辕，豺狼当路立。翔凤婴笼槛，骐骥见维絷[6]。俎豆昔尝闻[7]，军旅素未习。且少停君驾，徐待干戈戢。

【注释】

〔1〕本诗作于永康二年（301），为迎接晋惠帝到洛阳写的。东海王司马越在"八王之乱"中兵败邺城之后，于永康二年卷土重来，率兵把晋惠帝迎往洛阳。大驾：皇帝的车马，此指皇帝。

〔2〕蘩：一种蒿子；隰：低洼潮湿之地。

〔3〕涂：途；集：止。

〔4〕幰（xiǎn）：车幔；帷：车帷。

〔5〕故：事；崤函：函谷关，在河南省。

〔6〕婴：触；絷：羁绊。

〔7〕俎豆：祭祀用的两种礼器，此指代文治。

【译文】

终南山高峻林木葱郁，洛河水波涛汹涌。青松树荫蔽着蜿蜒山岭，绿野蘩长满了新垦田地。从清晨沿着这长途旅行，到黄昏无人家可以住宿歇脚。暮云在车帷前往来浮游，凄风从帷帐缝吹进车里。道途中逢一位有识之士，来车前举双手向我拱揖。说人间战乱事方兴未已，函谷关与崤山艰险崎岖。众狐狸窥视在车的两边，豺狼眦牙咧嘴拦路而立。高飞的鸾凤关进牢笼，优良的千里驹也被羁系。听说你只知道礼乐教化，率甲兵攻城池从未研习。我劝你暂且把车驾停下，安心地等待那烽烟全熄。

始作镇军参军经曲阿作[1]

陶渊明

弱龄寄事外[2]，委怀在琴书。被褐欣自得，屡空常晏如[3]。时来苟冥会，宛辔憩通衢[4]。投策命晨旅[5]，暂与园田疏。眇眇孤舟游，绵绵归思纡。我行岂不遥？登降千里余[6]。目倦修途异，心念山泽居。望云惭高鸟，临水愧游鱼。真想初在衿，谁谓形迹拘[7]？聊且凭化迁，终反班生庐[8]。

【注释】

〔1〕陶渊明（365—427），名潜，又字元亮，世号靖节先生。东晋大诗人，曾任江州祭酒、镇军参军、建威参军、彭泽县令。他不肯与世族同流合污，洁身自好，"不为五斗米折腰"，毅然归隐田园。诗风自然隽永，著有《靖节先生集》。此诗为陶潜刚当镇军将军的参军时作，抒写离家途中对田园生活的怀念之情。镇军将军指刘裕，也有的人认为是指刘牢之，曲阿：江苏丹阳县。

〔2〕寄世外：置身于世事之外。

〔3〕被褐：穿粗布衣服，是贫贱的标志；屡空：常常一无所有，贫困；晏如：安然。

〔4〕时来：时机来到；冥会：应契合；宛：屈；此二句指出仕作官。

〔5〕投策：扔下手杖；晨旅：清早外出。

〔6〕登降：指上下车船。

〔7〕真想：纯真的想法；衿：怀；形迹：外出当官的举动。

〔8〕凭化迁：任其自然变化；班生庐：班彪住的房子，指隐士的住所。

【译文】

年轻时不曾想走仕途做官，把感情放在琴书上面。身上穿粗布衣欣喜自得，经常在穷困中恬然自安。时机来且出任镇军参军，只好去仕途中委屈素愿。抛开书命仆人备好行装，我将要与田园暂时疏远。驾轻舟凌清波航行远方，望家山难归去思绪绵绵。在异域行又行谁说不远，登高山逾大河旅程逾千。他乡的山与水已看厌倦，殷切地怀念着旧日家园。望云端鸟高飞油然生愧，见水中鱼畅游暗自抱惭。满胸怀本来是淳真思想，怎么能受官场俗套拘管。我姑且随时势改变素行，有一天终将要重返故园。

辛丑岁七月赴假还江陵夜行涂口 [1]

陶渊明

闲居三十载，遂与尘事冥 [2]。诗书敦宿好，林园无世情。如何舍此去，遥遥至西荆 [3]？叩枻新秋月，临流别友生 [4]。凉风起将夕，夜景湛虚明 [5]。昭昭天宇阔，晶晶川上平 [6]。怀役不遑寐，中宵尚孤征。商歌非吾事 [7]，依依在耦耕。投冠旋旧墟，不为好爵萦 [8]。养真衡茅下，庶以善自名 [9]。

【注释】

〔1〕此诗是陶潜在隆安五年（401）销假上任时所作，抒写就职的情况及向往归隐之心。江陵：湖北江陵县；涂口：地名，在今湖北安陆县。

〔2〕冥：远。

〔3〕西荆：西边的荆州。

〔4〕枻：船桨；友生：朋友。

〔5〕湛：清澈；虚明：天高地阔的样子。

〔6〕晶晶：同皎皎，光明的样子。

〔7〕商歌：商调歌声，指春秋时宁戚听到齐桓公强大称霸，自己无法见面，于是在桓公车下唱起了商调，齐桓公听到歌声后，方才醒悟。此句诗表示自己不愿象宁戚那样唱歌求显达。

〔8〕投冠：扔掉帽子，喻辞官；旧墟：故园。

〔9〕养真：养性；衡茅：横木为门，茅草盖房，指陋室；庶以善自名，希望有个仁善的好名声，意为过隐居生活。

【译文】

　　在家闲居了近三十秋，与世事俗情从不接触。笃好诗书乃平素所好，山林田园无虚伪应酬。为什么我要舍此而去，千里迢迢跑到那荆州？秋月初上时叩击船舷，面对江流告别了朋友。凉风乍起寒意袭人，月夜景色空幽清明。昭昭天宇寥廓高远，莹莹江水平静如镜。公务在身我无暇休息，已半夜还在踽踽独行。求仕干禄非我所追求，念念不忘是归隐躬耕。想扔下官帽返回故乡，别为官禄而挂肚牵肠！在衡门茅舍修养真性，庶几可保持名节高尚。

挽　歌　诗 [1]

陶渊明

　　荒草何茫茫 [2]，白杨亦萧萧 [3]。严霜九月中 [4]，送我出远郊 [5]。四面无人居，高坟正嶕峣 [6]。马为仰天鸣，风为自萧条 [7]。幽室一已闭 [8]，千年不复朝 [9]。千年不复朝，贤达无奈何 [10]。向来相送人 [11]，各自还其家。亲戚或余悲 [12]，他人亦已歌。死去何所道，托体同山阿 [13]。

【注释】

〔1〕挽歌：古代用于丧葬的歌，相传最初是拖引灵车的人所唱。

〔2〕茫茫：无边无际。

〔3〕萧萧：萧条。

〔4〕严霜：寒霜。

〔5〕远郊：指野外坟地。

〔6〕嶕峣（jiāo yáo）：高高的样子。

〔7〕萧条：冷酷凄凉。

〔8〕幽室：暗室，指墓穴。

〔9〕不复朝：不再见太阳。

〔10〕贤达：贤人达士。

〔11〕向：刚才。相送人：指送葬的人们。

〔12〕或：有些人。

〔13〕山阿：山陵。

【译文】

郊外的荒草茫茫无际，高大的白杨叶落枝稀，一派萧条。在雾霜降临的九月里，众人送我离开村庄来到远郊的坟地。这里四面没有人居住，高高的坟堆一个挨着一个。马儿为我仰天长鸣，寒风为我独自呼啸。幽静的墓室一旦关闭，千年都不会再见到阳光。千年不见阳光，贤达之人也无可奈何。刚才来坟地送葬的人，现在都已各自回家。亲戚们有的人还在为我悲伤，其他人已经唱起了欢快的歌。死去的人还有什么可说，只是托放身体与山丘为伴。

咏 荆 轲

陶渊明

燕丹善养士〔1〕，志在报强嬴〔2〕。招集百夫良〔3〕，岁暮得荆卿〔4〕。君子死知己，提剑出燕京〔5〕。素骥鸣广陌〔6〕，慷慨送我行。雄发指危冠〔7〕，猛气冲长缨〔8〕。饮饯易水上〔9〕，四座列群英。渐离击悲筑〔10〕，宋意唱高声〔11〕。萧萧哀风逝，淡淡寒波生。商音更流涕〔12〕，羽奏壮士惊〔13〕。心知去不归，且有后世名。登车何时顾〔14〕，飞盖入秦庭〔15〕。凌厉越万里，逶迤过千城。图穷事自至〔16〕，豪主正怔营〔17〕。惜哉剑术疏〔18〕，奇功遂不成。其人虽已殁，千载有余情。

【注释】

〔1〕燕丹：燕国太子，名丹。士：指春秋战国时诸侯的门客，包括荆轲这种"刺客"。

〔2〕强嬴：暴秦，强暴的秦国；秦王姓嬴。

〔3〕百夫良：可匹敌百人的良士、勇士。

〔4〕荆卿：荆轲，战国时卫人，自齐入燕，燕人尊称为荆卿。

〔5〕燕京：燕国的京城，当今北京城西南隅。

〔6〕素骥：白马。历史记载当时送行者皆白衣冠（丧服），因明知壮士必然牺牲。"素骥"本此意变造而来。广陌：大道。

〔7〕指：撑起。危冠：高冠。

〔8〕缨：系冠的丝带。

〔9〕易水：水名，今河北省境内。

〔10〕渐离：高渐离，燕国人，荆轲的至交。筑（zhù）：古代弦乐器，似筝，有13根弦，用竹尺敲击发声。

〔11〕宋意：燕国壮士。

〔12〕商音：古代音阶之一，调子较凄凉。

〔13〕羽：羽音，古代音阶之一，调子较激越慷慨。

〔14〕顾：回头看。

〔15〕盖：车的篷盖，指车马。

〔16〕图穷：荆轲按预先安排向秦王献督亢一带地图，图轴卷中藏有匕首，秦王展图，图穷（穷尽，展开到末端）而匕首现。

〔17〕豪主：指秦王。怔（zhēng）营：惶惧的样子。

〔18〕疏：不精、造诣不高。

【译文】

燕国太子善养门客侠士，志在抵抗强大的秦国。广招天下可以一敌百的勇士，在年终时候得到侠客荆轲。君子愿为知己而死，荆轲提剑走出燕国都城。白马在远行的大道上长啸悲鸣，众位义士前来慷慨送行。怒发冲起高冠，勇气飘动帽下的长缨。在易水河边饮酒饯别，四座环列的是众多英雄。高渐离击筑弹出凄壮的悲音，送行的人唱起慷慨激越的歌声。萧瑟的悲风吹过，淡淡的寒波生起。凄恻的商声让英雄落泪，激越的羽音触动壮士的悲情。明知一去不会复返，只愿身后留下美名。毅然登上马车不再回头，车马飞奔进入秦国的国境。奋勇直前越过万里长路，曲折绵延走过千座城池。地图展到末端匕首自然呈现，秦王嬴政十分惶惧惊恐。可惜剑术尚不精湛，盖世的奇功没有建成。虽然英雄早已离世，但后世千载仍追念他的豪情。

过 始 宁 墅 [1]

谢灵运

　　束发怀耿介[2]，逐物遂推迁[3]。违志似如昨[4]，二纪及兹年[5]。缁磷谢清旷[6]，疲苶惭贞坚[7]。拙疾相倚薄[8]，还得静者便。剖竹守沧海[9]，枉帆过旧山[10]。山行穷登顿[11]，水涉尽洄沿[12]。岩峭岭稠叠[13]，洲萦渚连绵[14]。白云抱幽石，绿筱媚清涟[15]。葺宇临回江[16]，筑观基曾巅[17]。挥手告乡曲[18]，三载期归旋。且为树枌檟[19]，无令孤愿言[20]！

【注释】

〔1〕始宁墅：位于始宁县（浙江上虞）东山西，一名西庄。是谢灵运的庄园。

〔2〕束发：即结发。古代人到了一定年龄（男二十岁，女十五岁）便把头发结起来，以表示成年的意思。耿介：光明正大，不同于流俗，有志节。

〔3〕逐物：追逐世间的名利等俗事。诗中指从政做官。推迁：指时间推移。句意是由于从政做官，时间不知不觉流逝了，原来的志趣也消磨了。

〔4〕违志：违背了原来的志向（指不同流俗的志向，即隐居之志）。如昨：形容时间过得快，二十多年过去了，回想当年事，仿佛就是昨日。

〔5〕二纪：十二年为一纪，二纪即二十四年。及：到；兹年：今年。句意是说自己从政迄今已有二十多年了。

〔6〕缁：黑色。磷：被磨薄的。谢：落了，不复存在。清旷：清白，空旷（指昔日的耿介之志趣）。

〔7〕疲苶：非常疲惫，含有厌倦仕途生活的意思。惭贞坚：对自己未能贞坚不渝而感到惭愧。

〔8〕拙：不善于谋事。疾：病。倚薄：依附的意思。

〔9〕剖竹：汉制，太守赴任，把竹子剖作两半，一半留中央，另一半留郡守，作为符节。诗中当"赴任"解。沧海：指当时的永嘉郡。

〔10〕枉帆：绕弯航行，意即转个弯儿。旧山：指始宁墅，诗人的故居。

〔11〕登顿：上山为"登"，下山为"顿"，指走山路。

〔12〕泂沿：逆流上行为"泂"，顺水而下行称"沿"，指涉水路。

〔13〕峭：陡峭，险峻。稠迭：形容数量多，重重迭迭。

〔14〕洲、渚：都指水中陆地，大的叫洲，小的叫渚。连绵：一个挨一个，接连不断。

〔15〕筱（xiǎo）：细竹子。清涟：形容水清澈明净，微波粼粼。"媚"：使动用法。句意为细竹的倩影映入清澈的水中，使波光粼粼的江水更加妩媚动人。

〔16〕葺宇：用茅草修盖房子。葺（qì），修葺。泂江：江水转弯的地方。

〔17〕观（guàn）：楼观。曾巅：曾同"层"，即山之顶峰。

〔18〕乡曲：乡亲、同乡的亲友。

〔19〕树：种植。枌（fén）、槚（jiǎ）：即两种不同的树木，都是最好的木料。

〔20〕孤：同"辜"，辜负。愿言：希望的话。即临别叮嘱的语言。

【译文】

　　我少年时就胸怀不同流俗的志向，但由于从政做官，时间不知不觉流逝了，原来的志趣也消磨掉了。违背原来的志向而出来做官似乎就在昨天，实际上至今已二十多年。意志消磨掉了愧对昔日的耿介志趣，疲倦不堪惭对过去的坚贞不渝。既笨拙又有病两相依附，却使我乘便利回到故园。朝廷委任我去远守永嘉郡，弯航线绕路经过我的故居。走山路无不是上上下下，依水行也尽是曲曲弯弯。山险峻岭重叠密密层层，洲萦绕渚相连连绵不断。白云拥抱着高耸的巨石，绿竹倒映水中，使粼粼的江水更加妩媚动人。茅草屋修建在回环曲折的江畔，台榭修筑在高高的山巅。挥手告别我的乡邻，三年期满后我就回来。暂且栽种些白榆和楸树，莫让辜负我期望的心愿！

富　春　渚 〔1〕

谢灵运

　　宵济渔浦潭 〔2〕，旦及富春郭 〔3〕。定山缅云雾 〔4〕，赤亭无淹薄 〔5〕。溯流触惊急 〔6〕，临圻阻参错 〔7〕。亮乏伯昏分 〔8〕，险过吕梁壑 〔9〕。洊至宜便习〔10〕，兼山贵止托〔11〕。平生协幽期〔12〕，沦踬困微弱〔13〕。久露干禄请〔14〕，始果远游诺〔15〕。宿心渐申写〔16〕，万事俱零落。怀抱既昭旷〔17〕，外物徒龙蠖〔18〕。

【注释】

　　〔1〕富春：富春江。是浙江在桐庐富阳县境内的一段流程。渚：水中的小形陆地。

　　〔2〕宵济：夜里渡江。渔浦潭：位于富阳县东面。

　　〔3〕旦：早晨；及：到；郭：城郊。

　　〔4〕定山：山名，位于富阳县境内。缅（miǎn）：遥远的样子。意为定山远远地屹立在晨雾中。

　　〔5〕赤亭：位于定山的东边。淹：淹留；薄：同"泊"。无淹薄：是说没有停泊游赏的意思。

　　〔6〕溯流：逆江而行。

　　〔7〕圻：同埼（qí），弯曲的岸。参错：参差错落。

　　〔8〕亮：信，确实。伯昏：就是伯昏无人。《列子·黄帝》说他是个登高山悬崖，神色不变的人。分：志（解作"勇气"亦可）。

　　〔9〕吕梁：古地名，孔子曾于此观水。《列子黄帝篇》："孔子观于吕梁，悬水三十仞，流沫三十里，鼋鼍鱼鳖之所不能游也。"诗人借此来说明富春江流急岸险。

　　〔10〕洊至：再至。习：习坎，《易》：'水洊至习坎'"。诗人借此卦辞意说明人经过多次磨难就能做到习险如常了。

　　〔11〕兼山：《易·艮》："象曰：'兼山艮，君子以思不出其位'。"意思是君子应审时度势，谨言慎行。所谓"时止则止，时行则行，动静不失其时，其道光明。"

　　〔12〕幽期：诗中指隐居之志。

　　〔13〕沦踬：比喻陷入不顺利的境地不能自拔。踬（zhì）：比喻事情不顺利。微弱：力量微弱，意志不坚强。

　　〔14〕干禄：谋求官职。

　　〔15〕始果：方才兑现。诺：诺言，应允别人的话。

　　〔16〕宿心：早有的心愿，夙愿。申写：申展表现。

　　〔17〕昭旷：光明旷达。

　　〔18〕龙蠖：龙蛇，尺蠖。是说龙和蛇的蛰游，尺蠖（蛾类的幼虫，也叫量尺虫，爬行时一伸一屈地前进）的屈伸，了然无存于心。诗人目的在于表明自己胸怀坦荡，不为外物所牵。

【译文】

　　夜中渡过渔浦潭，天明到达富阳城。望了眼定山那缥纱的云雾，名胜赤亭也没泊舟稍停。逆流而上惊湍急流撞击去舟，崖岸曲折参差凹凸阻遏行程。尽管我没有伯昏无人的气慨，竟然如  吕梁丈夫般闯过险泷。水相继而至是它习惯了山坎，两山相重正好能够托身安命。平生之志本来在于幽栖养生，只因意志薄弱陷于困顿之境。为追求入仕干禄已天长日久，如今总算实现了远游的许诺。我往日的心愿渐渐得到舒展，世间万事全都零落不值一说。心胸顿时豁然开朗清明旷达，随物推移从此如同龙蛇尺蠖。

登江中孤屿 [1]

谢灵运

　　江南倦历览，江北旷周旋 [2]。怀新道转迥，寻异景不延 [3]。乱流趋正绝，孤屿媚中川 [4]。云日相辉映，空水共澄鲜 [5]。表灵物莫赏，蕴真谁为传 [6]？想象昆山姿，缅邈区中缘 [7]。始信安期术，得尽养生年 [8]。

【注释】

　　[1] 江：即永嘉江，今名瓯江，在温州之南。孤屿：指孤屿山，位于永嘉江的中流。这里不仅景色秀美，而且还有很多名胜古迹。它的东端有东峰，东峰上有唐时修建的塔；西端有西峰，西峰上有宋时修的塔；它的中部还有宋时建的江心亭。

　　[2] 历览：已经游览过了。倦：厌腻。旷周旋：意思是很久没有游览江北了。旷：缺，空；周旋：应酬，这里是游览之意。

　　[3] 怀新：抱着探寻新的胜境的心情。道转迥：道路转觉变远了。寻异：与"怀新"意同。景：同"影"，指日光。

　　[4] 乱流：乘船横截江流而直渡。媚：使妩媚。

〔5〕空水：天空与江水。

〔6〕表灵：指孤屿山呈现出来的灵秀景象。物：景物，风光。莫赏：没有人谁来欣赏。蕴真：指隐居在此山中的仙人。谁为传：意思是无人为他们传颂。

〔7〕昆山：即昆仑山，传说中仙人居住的地方。缅邈：遥远的意思。区中：尘寰，人世间。

〔8〕始信：方信。安期：安期生，传说中的仙人，说他能活千年不死。安期术：指安期生成仙得道的法术。

【译文】

　　江南名胜之地已玩倦了，而江北的奇山异水好久未游览了，怀着寻找新奇胜景的心情登途，反觉道路遥远，时光短促。乘船截流横渡，驶向江中的岛屿，那孤屿耸立于江流中，使江流更为明媚动人。云霞与日光相互辉映，晴空与碧水共为一色，澄澈明净。这等山水显现的灵秀奇景世人无人欣赏，山中隐居的仙人有谁为他们传颂？我联想到昆仑山的仙境，顿觉自己离尘缘俗事更加遥远。到此时才开始相安期生的长生不老之术，只有归隐山间，修身养性，才能够颐养天年。

初　去　郡〔1〕

谢灵运

　　彭薛裁知耻〔2〕，贡公未遗荣〔3〕。或可优贪竞〔4〕，岂足称达生〔5〕？伊余秉微尚〔6〕，拙讷谢浮名〔7〕。庐园当栖岩〔8〕，卑位代躬耕〔9〕。顾己虽自许，心迹犹未并〔10〕。无庸方周任〔11〕，有疾像长卿〔12〕。毕娶类尚子〔13〕，薄游似邴生〔14〕。恭承古人意〔15〕，促装反柴荆〔16〕。牵丝及元兴〔17〕，解龟在景平〔18〕。负心二十载〔19〕，於今废将迎〔20〕。理棹遄还期〔21〕，遵渚骛修坰〔22〕。溯溪终水涉〔23〕，登岭始山行。野旷沙岸净，天高秋月明。憩石挹飞泉〔24〕，攀林搴落英〔25〕。战胜臞者肥〔26〕，止鉴流归停〔27〕。即是羲唐化〔28〕，获我击壤声〔29〕！

【注释】

〔1〕郡：指永嘉郡。

〔2〕彭薛：指彭宣和薛广德。彭宣：字子佩，汉时淮阳阳夏（河南太康）人，研究周易的学者，官至大司空。王莽秉政时，他辞官归乡里。薛广德，字长卿，汉时沛郡相人，鲁诗的专家，官至御史大夫。辞官归沛时，太守亲临边界迎接他，到家后，他便将所赐的安车悬起，以示不再出任。（见《汉书》）本传）。裁：即"才"字。

〔3〕贡公：贡禹，守少翁，汉时琅琊人。他与王阳友好，见王阳登用而喜，因此说"未遗荣"（没丢下富贵荣华）。

〔4〕优贪竞：优于贪名逐利者，（比追名逐利的人好一些）。

〔5〕达生："达"是通达的意思；"生"是生命，人生。意为看穿了人生的一切。达生，本是道家对于生命的认识论，《庄子》的《养生主》，就是专讲保身全生的道理的。

〔6〕伊：通"惟"。秉：持，执。微尚：指栖遁的志趣。

〔7〕拙讷：意思是不会圆滑处世，不善应酬。浮名：虚名。

〔8〕栖岩：在岩穴中栖息（指隐居）。诗人在山居赋中把隐居生活分为四种："古巢居穴处曰岩栖，栋宇居山曰山居，在林野曰丘园，在郊郭曰城傍，四者不同。"岩居是其中最上等的。

〔9〕卑位：卑微的职位指康乐侯的职位，（含蔑视意）。躬耕：亲自耕种。

〔10〕心迹：指思想和行迹而言。句意是思想与行动还未得一致。此正如吕延济所说的"情虽在栖隐，身尚居官，是迹未与心合也。"

〔11〕方：诗中作"仿"解，效仿。句意为无须效仿贤人。周任：周大夫。他的言行曾为孔子所称引。

〔12〕长卿：司马相如的字。相如，汉蜀郡成都人，著名的辞赋家。晚年患消渴病，长期在家疗养。

〔13〕尚子：即尚长，字子平，后汉河内（河南省黄河以北地方）人，隐士。他为儿女办完婚事，便不再管家务。

〔14〕邴生：邴曼谷，汉琅琊（山东诸城县）人。他一直做六百石以下的小官，养志自修，自得其乐，在当时很有名气。

〔15〕古人：指前面说过的周任、司马长卿等人。

〔16〕促装：收拾行装。柴荆：指故乡、村舍（以柴荆为门墙的院舍）。

〔17〕牵丝：初仕（初为官）的意思。元兴：东晋安帝年号（402－404）。

〔18〕解龟：即解印。意思是辞官。景平：宋废帝（刘义符）年号（423－424）。

〔19〕负心：违背了心愿。指为官二十多年是"心"与"迹"相违的。

〔20〕废将迎：意为省去了官场迎官送客的麻烦事。将：送。

〔21〕理棹：准备船只起程。遄（chuán）：迅速。还期：归期。

〔22〕遵渚：沿着江中的洲渚。骛（wù）：急速奔驰。修垌：垌（jiǒng），

野外。修，长的意思。

　　〔23〕溯溪：逆着溪流而行。终：终止，结束。水涉：涉水。终水涉：即结束了水路，舍舟步行。

　　〔24〕挹（yì）：用手捧水。飞泉：流速如飞的泉水。

　　〔25〕搴落英：意思是人在林中穿行，手牵动枝条，花瓣纷纷飘落的情景。搴（qiān）：撩，拉。

　　〔26〕战胜：指隐居的思想战胜了为宦的思想。臞（qú）：同"癯"，瘦。语源于《韩子》说："子夏曰：'吾入见先生之义则荣之，出见富贵又荣之，二者战于胸臆，故曰臞。今见先生之义战胜。故肥也。'"（《文选》本诗李善注引）。

　　〔27〕监止：监，临照的意思，止，止水的省称。止水：就是静止的水。流归停：流水终于归到了静止的状态。《文子》曰："莫监于流潦而于止水，以其保心而不外荡也。"诗人借以表明自己的隐居思想，将不再为"富贵"而动摇了。

　　〔28〕羲唐化：是说像伏羲和唐尧时代的理想的社会生活。

　　〔29〕击壤：是古代人的一种游戏。以木为之，前宽后尖，长四尺三寸，其形像鞋。戏时，先放一壤于地，击者遥立于三四十步外，以手中之壤击之，中者为胜。《论衡》曰："尧时百姓无事，有五十之民击壤于涂。观者曰：'大哉！尧之德也。'"击壤声：指击壤者所说的话："吾日出而作，日入而息，凿井而饮，耕田而食，尧何力于我所也！"诗人借此表明归隐后的无拘无束怡然自得的生活，另外也表明了只有获得这种生活，才可以谓之为"达生"。

【译文】

　　彭宜和薛广德二人只知道羞耻而已，贡公也未能丢去荣华富贵。只能说他们优于贪竞之徒，哪能称得上达生无所牵累。我现在秉承已衰微的风尚，因行拙言讷辞却郡守官位。隐退田园权当是巢居穴处，安于卑位以代替亲身耕耘。回顾自己虽然是聊可安慰，但以往所作所为违背真心。能力不济正如同周任所言，卧病闲居又好像司马长卿。不理家事类似于东汉尚长，轻视官爵仿佛是西汉那生。我恭承古人淡泊养性之志，急忙收拾行装而返回家园。我出仕为官是在元兴年间，如今去官还乡乃景平元年。违心去做官前后达二十年，至此才摆脱了送迎的麻烦。驾船速行只为了早日还家，沿着小洲驰入宽阔的郊甸。时而顺小溪逆行蜿蜒而上，时而爬高山漫步辛苦登攀。原野一望无边沙岸真洁净，天宇高阔澄朗秋月分外明。在石上小憩舀来飞泉斟饮，在林中徜徉采食秋菊落英。道义战胜了物欲由瘦变肥，以止水为鉴动荡复归宁静。这等于回到了羲唐的时代，怡然自得又响起击壤之声。

初发石首城^{〔1〕}

谢灵运

白珪尚可磨^{〔2〕}，斯言易为缁^{〔3〕}。虽抱中孚爻^{〔4〕}，犹劳贝锦诗^{〔5〕}！寸心若不亮^{〔6〕}，微命察如丝^{〔7〕}；日月垂光景^{〔8〕}，成贷遂兼兹^{〔9〕}。出宿薄京畿^{〔10〕}，晨装抟曾飔^{〔11〕}；重经平生别，再与朋知辞^{〔12〕}！故山日已远^{〔13〕}，风波岂还时^{〔14〕}！遥遥万里帆^{〔15〕}，茫茫终何之^{〔16〕}？游当罗浮行^{〔17〕}，息必庐霍期^{〔18〕}；越海陵三山^{〔19〕}，游湘历九嶷^{〔20〕}；钦圣若旦暮^{〔21〕}，怀贤亦凄其^{〔22〕}。皎皎明发心^{〔23〕}，不为岁寒欺^{〔24〕}！

【注释】

〔1〕石首城：即石头城，在今南京西南。伏韬《北征记说》："石头城，建康西界临江城也，是曰京师。"可知即为晋宋时的都城。

〔2〕珪：同圭，瑞玉。尚可磨：还可以磨。

〔3〕斯言：这些话，（指奸人的诬奏。）缁（zī）：黑色。首二句托喻起兴，借用《诗·大雅·抑》："白圭之玷，尚可磨也；斯言之玷，不可为也"之意，说白玉有污点，还可以磨去，而被谣言中伤，就跳进黄河也洗不清了。

〔4〕抱：怀。中孚：《易》卦名。爻，指卦的爻辞。本卦阴爻九五的爻辞是："有孚挛如，无咎。"意思是互相勾通诚信，紧密地连在一起，这样就不会有任何过头。诗人借此表明自己的言行是忠实的，心迹是光明的，与朝廷并无二志。

〔5〕上面绣着贝类花纹的丝织品。此句是承接前句的意思，指出奸人精心设计、绞尽脑汁地给自己罗织罪名（如同女工织作贝锦一般地用尽心力）。

〔6〕若不亮：如果不明亮。

〔7〕微命：微弱的生命。察如丝：是说宋文帝明察秋毫。也含对自己的重视以及自己的感激之情。

〔8〕此句以日月比宋文帝，说他光辉普照，恩及万类。

〔9〕成贷：因受援助而有所作为。此句有承蒙保全了性命的意思。兼：兼

有，同时又有。兹：此，这个（指临川内史的官职）。

〔10〕出宿：在外游历的意思。薄：到。京畿：京城附近的地方。诗中指石头城（南京）的附近处。

〔11〕晨装：早起整理行装准备起程。抟（tuán）：凭借。曾（còng sú）：高而凉爽的风。可参照《庄子逍遥游》："抟扶羊角而上者九万里"和《楚辞》："溶飔风而上征"的意思理解"抟曾飔"。

〔12〕辞：辞别。"重经"、"再与"二句，流露出人世沧桑的感慨，蕴含着多少的悲酸和无奈！

〔13〕日：一天一天地（远了）。

〔14〕还：回来。

〔15〕迢迢（tiáo）：遥远的样子。

〔16〕茫茫：无边无际的样子。终何之：究竟向何处去呢？之：去，往。

〔17〕罗浮：罗浮山，在现在的广东省博罗县。

〔18〕庐：庐山，在现在的江西省星子县西北，九江县以南。霍：霍山，原名天柱山，在今安徽省霍山县以南。

〔19〕陵：通"凌"。三山：指传说中的三座仙山（蓬莱、方丈、瀛州）。

〔20〕湘：湘江，在今湖南省。游湘：即游览湘江一带的地方。九嶷：山名，在今湖南省宁远县境内，也作九疑。

〔21〕钦圣：景仰圣人。圣：指虞舜。因为虞舜的陵墓在九疑山。《史记·秦始皇本纪》"望祀虞舜于九疑山。"据注引《皇览冢墓记》："舜冢在零陵郡营浦县九疑山。"且暮，晨昏，早晚。且暮：意思是说虽然自己与舜生不同时，但由于遭遇不幸，所以最能理解舜南游而死的意味，即《庄子·齐物论》所言"虽隔千年，如在早晚"。

〔22〕怀贤：缅怀贤者（指屈原）。凄其：凄怆，悲伤。

〔23〕皎皎：明亮，净洁。明发心：形容光明磊落的心迹。在阳光照射下表现出来的，正如阳光下景物一样光明。此句一面表白自己的心境，一边借《诗·小雅·小宛》："明发不寐，有怀二人"之意，说明自己感怀古今，彻夜不眠的状况。

〔24〕为：因为。岁寒：岁暮天寒，（喻外界情况的恶化）。欺：欺心，违心。此处意为"使心受欺"。此句是以松柏的不畏严寒，比拟自己不因环境的恶化而变节。

【译文】

白珪之玷尚可洗磨干净，谗言可畏往往白变为黑。虽然怀抱忠信磊落之心，仍难免被小人罗织成罪。我内心若不是忠诚坦荡，眨眼间小命如发丝断送。幸蒙皇帝明察皇恩浩荡，使我保全性命兼成此行。出宿于石头城靠近京畿，清晨整装上船乘风西征。再一次经受这离京远谪，再一次与亲朋挥泪辞行。故乡始宁相去日渐遥远，一路风高浪险岂能生还？一叶孤帆迢迢万里旅程，前途茫茫终究飘荡何年？想远游应当去仙山罗浮，要休息一定到庐霍仙居。跨越东海登上三座神山，顺着湘江游历圣地九嶷。钦慕先圣隔代如在眼前，怀念前贤为之感伤零涕。平明之际心地磊落光明，犹如松柏不为岁寒所欺！

道路忆山中^[1]

谢灵运

采菱调易急^[2]，江南歌不缓^[3]。楚人心昔绝，越客肠今断^[4]。断绝虽殊念^[5]，俱为归虑款^[6]。存乡尔思积^[7]，忆山我愤懑^[8]！追寻栖息时^[9]，偃卧任纵诞^[10]。得性非外求，自已为谁纂^[11]？不怨秋夕长，常苦夏日短。濯流激浮湍^[12]，息阴倚密竿^[13]。怀故叵新欢^[14]，含悲忘春暖。凄凄明月吹，恻恻广陵散^[15]。殷勤诉危柱^[16]，慷慨命促管^[17]！

【注释】

〔1〕道路：指从石首城到临川的路上；山中：指始宁墅。

〔2〕采菱调：采菱人唱的歌。《楚辞·招魂》有："涉江采菱，发扬荷些"之句，诗中的采菱调是指古人的歌词。易急：声调转为急促；不缓：也是急促之意，是节奏快的意思。此二句是说由于歌者心情激动，其歌声也变得急促而高亢了。

〔3〕江南歌：指江南民歌，也指《招魂》末尾"哀江南"那节诗。《招魂》曰："湛湛江水兮上有枫，目极千里兮伤春心，魂兮归来哀江南。"这是屈原被流放期间在江岸流浪时，思念郢都时所写下的诗篇。

〔4〕楚人：指屈原。心绝：形容极度伤心。越客：诗人自称。肠断：也是用来形容极度的悲伤，与"心绝"同意。

〔5〕虽殊念：殊即异，不相同。念则"思"，想。句意为虽然二人思想方式（或思想根源）不相同。

〔6〕归虑：归思。款：敲，有扣击侵扰的意思。

〔7〕存乡：思念故乡。尔：你，指楚人（屈原）。

〔8〕忆山：山，指始宁墅。愤懑：愤怒郁闷。

〔9〕追寻：追忆，回想。以下八句皆是"忆山中"往事。

〔10〕指不拘礼法的放纵的行为。

〔11〕得性：得其本性，天真的本心。自已：是取足而自止之意。《庄子·齐物论》："子綦曰：'夫吹万不同，而使其自已也，咸其自取，怒者其谁邪！'"已：止。使各得其性而止也。纂：同纂，义为取。

〔12〕濯流：临流而洗。湍：急流。此句隐有"沧浪之水清兮，可以濯我缨，沧浪之水浊兮，可以濯我足"的意思。与"息阴倚密竿"句表现出诗人昔日那种怡然自得的生活。

〔13〕息阴：在竹林中阴凉的地方休息。竿：竹的主干。

〔14〕叵：不可，不堪，诗中有"冷落了"的意思。句意是由于回想起过去欢乐的生活，便冷淡了眼前的美景（无心观赏）。

〔15〕明月吹：笛子曲。广陵散：琴曲。凄凄、恻恻：都是用以形容曲调之悲凉的。

〔16〕危柱：指琴柱。危：端，正。

〔17〕促管：管是指笛子，促管是说笛声急促。末二句是写诗人借助音乐来表达自己的满怀愤懑。

【译文】

　　《采菱》歌荡漾在旅人耳畔，轻快的江南曲动我心弦。楚大夫过去曾心伤欲绝，越游子如今也肝肠寸断。虽说是"绝"与"断"原因有别，但同为还乡梦不能实现。念故里你心肠忧愁聚积，忆家山我胸膛愤懑填满。回想起在山中与友隐居，仰卧在草地上旷达放诞。人之性禀天赋非求于外，自满足自停止与人无关。没怨过入秋后月夜过长，总苦于夏季里清昼太短。濯急流常激起朵朵浪花，息清荫曾倚遍密密竹竿。念故乡无心看沿途风光，含悲情忘记了春阳温暖。且吹起《明月曲》衷情凄凄，又弹奏《广陵散》忧思绵绵。殷勤将怀旧意寄于琴弦，慷慨把思乡情注入笛管。

入彭蠡湖口 [1]

谢灵运

客游倦水宿 [2]，风潮难具论 [3]。洲岛骤回合 [4]，坼岸屡崩奔 [5]。乘月听哀狖 [6]，浥露馥芳荪 [7]。春晚绿野秀，岩高白云屯 [8]。千念集日夜 [9]，万感盈朝昏。攀崖照石镜 [10]，牵叶入松门 [11]。三江事多往 [12]，九派理空存 [13]。灵物吝珍怪 [14]，异人秘精魂 [15]。金膏灭明光 [16]，水碧辍流温 [17]。徒作千里曲 [18]，弦绝念弥敦 [19]！

【注释】

〔1〕彭蠡：古湖名，位于江西省，即鄱阳湖。

〔2〕水宿：夜宿船上。

〔3〕难具论：难以全部陈述。

〔4〕骤：猛然，急速。回合：指浪头遇到洲岛骤然回绕再汇合。

〔5〕坼（qī）岸：江边两岸。诗中指险峻壁立的堤岸。崩奔：江涛冲击两岸后崩散开来。

〔6〕乘月：趁着月光；狖（yòu）：猴子一类的动物。

〔7〕浥（yì）：湿。馥（fù）：香味，香气。芳荪：香草。句意为带露珠的芳草散发着香气。

〔8〕屯：指云聚集缭绕。

〔9〕千念，万感：形容思绪杂乱。二句意为无穷无尽的忧思和感触，日夜烦扰着自己。

〔10〕石镜：山名。传说山上有圆石如镜。

〔11〕松门：即松门山，入蠡湖三百多里到松门山。

〔12〕三江：有多种不同的说法，诗中所说的三江，可能是用《尚书·禹贡》孔传和《周礼》贾疏的说法，指"江至浔阳，合彭蠡，复分为三，入海。"

〔13〕九派：指九江，九江也有几种不同说法，诗中所说可能是指鄂赣二省之间入江的九条水（一曰乌白江，二曰蚌江，三曰乌江，四曰嘉靡江，五曰畎江，六曰源江，七曰廪江，八曰提江，九曰箇江）。理空存：理，指地理。二句

意为关于书上记载有关"三江"、"九派"的事，历来说法不一，跟实际地理情况不相符。

〔14〕灵物：指下面说的仙药，水玉。

〔15〕异人：指仙人。秘：隐匿。精魂：灵魂，诗中指形体。二句意为灵物不见，仙人隐匿。

〔16〕金膏：传说中的仙药。

〔17〕水碧：水玉，传说中的宝物。《山海经》有"耿山多水碧"之句。

〔18〕千里曲：乐曲名。隐用"黄鹄一远别，千里顾徘徊"的意思，写出诗人自己在赴临川途中的感触。

〔19〕弦绝：原义是琴弦断了，诗中是指演奏完了乐曲停止演奏了。念：思想，诗指思乡的念头。弥：更。敦：深厚，浓厚的意思。

【译文】

天天行舟夜宿船上已十分疲惫厌倦，一路风波险恶难以全部陈述。浪遇洲岛急遽回绕汇合，潮打崖岸连连崩奔飞溅。乘月夜游聆听猿猴哀鸣，沾露而行闻到花草的芳香。晚春时节郊野一片苍秀碧绿，山岩高处白云聚扰缭扰。日日夜夜千种思虑交集，朝朝暮暮万种感慨萦心。攀登悬崖临照山上的石镜，牵枝扳叶进入夹岸的松门。三江故事多已成为过去，九派之说也是众说纷纭，与实不符。神灵之物吝惜珍怪之相，奇异之人秘藏魂魄精神。仙药金膏早已灭其明光，宝玉水碧也已失其温润。徒然奏起千里之曲，乐曲奏完，思乡的愁思却更加深重浓厚。

入华子冈是麻源第三谷 [1]

谢灵运

南州实炎德 [2]，桂树凌寒山。铜陵映碧涧 [3]，石磴泻红泉 [4]。既枉隐沦客，亦栖肥遁贤 [5]。险径无测度 [6]，天路非术阡 [7]。遂登群峰首 [8]，邈若升云烟 [9]。羽人绝仿佛 [10]，丹丘徒空筌 [11]！图牒复磨灭，碑版谁闻传 [12]？莫辨百世后，安知千载前？且申独往意 [13]，乘月弄潺湲 [14]。恒充俄顷用 [15]，岂为古今然！

【注释】

〔1〕华子冈，在江西省南城县四十五里，灵运《山居图》曰："华子冈，麻山第三谷。故老相传，华子期者，禄里弟子，翔集此顶，故华子为称也。"麻源有三谷，第一是麻姑山南涧，第二为北涧，第三即为华子冈。

〔2〕南州：南方州县泛称，诗中指临川郡。炎德：天热地暖之意。诗首二句用《楚辞·远游》："嘉南州之炎德，丽桂树之冬荣"的意思。

〔3〕铜陵：即今之铜山，位于南城县西四十五里。

〔4〕磴：山间石级。红泉：红色流水。水流呈现红色原因有二，因涧边赤崖赭石映入水中，使水显出一派虚红色，如《山居赋》所说："石照涧而映红"；也有因地层中含有丹沙而使水质发红的，如《山居赋》："讯丹沙于红泉"。此处当指后者而言。

〔5〕枉：劳驾暂游的叫"枉"，结庐久居的叫"栖"。"隐沦客"、"肥遁贤"：都是指栖隐山林的高士们。

〔6〕险径：难走的路。或说"径"当作"陉"，是山脉中断处的隘道。无测度：言其高无法测量。

〔7〕天路：天梯一样高耸的路。术、阡：都是崎岖的小路。

〔8〕群峰首：群山中最高山的峰顶，指华子冈。

〔9〕邈若：遥远的样子。

〔10〕羽人：仙人，仙人能白日飞升，故称为羽人，这里指华子期。仿佛：看不真切的样子。

〔11〕丹丘：神仙居住的地方。筌（quán）：竹制的捕鱼器。空筌：用以比喻山间无仙。

〔12〕碑版：镌刻文字的金石。

〔13〕独往：是道家的词语。淮南王《庄子略要》说："江南之士，山谷之人，轻天下细万物而独往者也。"意思是说修道之人，置世事于不顾，一切顺乎自然。

〔14〕乘月：趁着美丽的月色。潺湲（chán yuán）：形容水流缓慢的样子。

〔15〕恒充："常当做"的意思，或者说"常作"。俄顷：时间很短，不大一会儿。用：受用，享受。指人在物质上和精神上的满足。后二句的意思是说游览山水，不过是为一时的享受，何必要为古今杂事费脑子呢！从思古之幽情的困扰中摆脱出来了。

【译文】

临川居南方是火德之地，桂树到秋冬仍满山荣丽。赭红的铜山映照着碧涧，山路石阶上流泻着红泉。即使隐士迁客枉驾造访，又使避世高士结庐居住。险峻的深谷深不可测度，接天的小路更崎岖难走。拾级攀登上华子冈顶，缥缥缈缈如同升仙一般。仙人的形迹早已经绝迹，神圣的丹丘徒然是空言。图书谱牒已经磨灭不见，金石碑刻有谁听说流传？百世后自己当无人知晓，千载前仙踪又怎能找见？暂且伸舒我独往的意愿，在明月下赏玩潺潺山泉。只为了须臾间适己任心，不必去追寻虚幻的神仙！

登 池 上 楼 〔1〕

谢灵运 〔2〕

　　潜虬媚幽姿〔3〕，飞鸿响远音〔4〕。薄霄愧云浮〔5〕，栖川怍渊沉〔6〕。进德智所拙〔7〕，退耕力不任〔8〕。徇禄及穷海〔9〕，卧疴对空林〔10〕。衾枕昧节候〔11〕，褰开暂窥临〔12〕。倾耳聆波澜〔13〕，举目眺岖嵚〔14〕。初景革绪风〔15〕，新阳改故阴〔16〕。池塘生春草，园柳变鸣禽〔17〕。祁祁伤豳歌〔18〕，萋萋感楚吟〔19〕。索居易永久〔20〕，离群难处心〔21〕。持操岂独古〔22〕，无闷征在今〔23〕。

【注释】

〔1〕池：是谢灵运任永嘉太守时居所内的园池，后人称为"谢公池"。

〔2〕谢灵运（385—433）：祖籍陈郡夏阳（今河南太康）。他为东晋望族谢玄之孙，后来又袭爵康乐公。刘宋时，降公爵为侯。后出任永嘉太守，不久辞官隐去。少帝时又出任临川内史，因狂放而被劾，后又因反叛罪被诛。谢灵运为山水诗派的开创人。其诗对后世颇有影响。

〔3〕虬（qiú）：有角的小龙。媚幽姿：以幽隐的姿态为美。媚，美好。这里用为意动。这句以虬龙喻归隐。

〔4〕飞鸿：大雁。响远音：在远空长鸣。这句以飞鸿喻出仕。

〔5〕薄霄：迫近云霄。云浮：飞于云表。这里承前句飞鸿而言。

〔6〕栖川：栖身水下。怍（zuò）：羞愧。渊沉：潜于深渊。这里承前句潜虬而言。

〔7〕进德：进德修业，指入世为官。智所拙：意谓才智不足，无法胜任。

〔8〕退耕：退身躬耕，指归隐。力不任：体力难以承受。

〔9〕徇（xún）禄：营求俸禄，指出仕。及：到。穷海：穷荒的海边，这里指永嘉郡。

〔10〕卧痾（ē）：卧病在床。空林：空寂之林。

〔11〕衾（qīn）：被子。昧：不明晓。节候：节令物候，季节。

〔12〕褰（qiān）开：这里指掀起窗帘，推开窗户。窥临：临窗向外望去。

〔13〕聆（líng）：听。

〔14〕眺：远望。岖嵚（qū qīn）：形容山之险峻。

〔15〕初景：这里是指初春的日光。革：改变，除去。绪风：指秋冬之余风。

〔16〕新阳：新春。故阴：残冬。《神农本草》谓"春夏为阳，秋冬为阴"。

〔17〕变鸣禽：指新春的杨柳树上又迁来了新鸟，因而枝上时而传来不同的鸟叫声。

〔18〕祁祁（qí qí）：盛多的样子。《诗·豳·七月》有句："春日迟迟，采蘩祁祁。女心伤悲，殆及公子同归。"此用其典，暗写自己的失意彷徨。豳（bīn）：古都邑名，在今陕西旬邑县。

〔19〕萋萋：草盛貌。《楚辞·招隐士》有句："王孙游兮不归，春草生兮萋萋。"这里用其典写自己的伤感之情。

〔20〕索居：孤身而处。易永久：容易感到时间久长。

〔21〕处心：安心。

〔22〕持操：坚持节操。岂独古：难道独有古人可以做到。

〔23〕无闷：避世而无所苦闷。征：证明。这里意谓古人"遁世无闷"之说，如今在自身得以验证。"今"：指诗人自己。

【译文】

潜居深渊的虬龙以其幽隐的姿态为美，高飞天空的鸿雁在远空振声长鸣。想要迫近云霄却愧对翔天的大雁，想要栖居水底却惭以潜渊的虬龙。进身而建功修德可惜才拙智短，退身而躬耕田亩只是才所不能。为了营求做官来到穷荒的海边，卧病榻上空对着寂寞的树林。躺在床上不知道季节气候的变化，掀帘开窗暂且偷看外面的光景。侧耳倾听汹涌的涛声，放眼远望险峻的峰峦。年初的日光驱尽旧岁的残风，初春的阳光扫去残冬的阴冷。池塘边长出嫩绿的青草，园中柳树上栖息着新飞来的鸣禽。看到满园春色，感伤那《豳风》里"采蘩祁祁"的忧伤歌曲，又慨叹那《楚辞》里"春草萋萋"的隐士吟情。孤独而居容易觉岁月漫长，离群而处也让人难以心安。坚持节操岂能是古人独有，我自己就证明了今人一样可以隐居避世而没有烦恼。

石壁精舍还湖中作[1]

谢灵运

昏旦变气候，山水含清晖[2]。清晖能娱人，游子憺忘归[3]。出谷日尚早，入舟阳已微[4]。林壑敛暝色，云霞收夕霏[5]。芰荷迭映蔚，蒲稗相因依[6]。披拂趋南径，愉悦偃东扉[7]。虑澹物自轻，意惬理无违[8]。寄言摄生客，试用此道推[9]。

【注释】

〔1〕石壁精舍：是作者在始宁县（今渐江上虞县）的庄园始宁墅附近的佛寺。精舍，为招待过往僧人的寺院。湖：指巫湖。

〔2〕清晖：清光。

〔3〕憺：安适的样子。

〔4〕阳：日光。微：暗了下去。

〔5〕壑：山沟。敛：聚集。暝色：暮色。霏：云飞的样子。

〔6〕芰：即菱角。映蔚：相互映照。蒲：菖蒲，一种水草。

〔7〕披拂：拨开草木。偃：仰卧。扉：门扇。

〔8〕虑淡：思虑淡泊。物：身外之物。轻："看轻"之意。惬：满足。

〔9〕摄生：养生。

【译文】

早晨和傍晚气候冷暖多变，青山绿水闪动着素光清晖。山光水色愉悦人的性情，游子留恋山水，乐而忘返。走出山谷时天色尚早，登上湖山的轻舟时，日光已经渐渐暗淡了。林间山壑中的暮色慢慢收拢聚合，天空中的云霞迅速向天边飞去。菱角与荷叶交相映衬，葳蕤生辉；香蒲和稗草交杂生长相互依偎。舍舟登岸，拨开路边的草木，沿南山的小路前行，到家后轻松愉快地仰卧在东轩歇息。思虑淡泊，名利得失自然就看得轻了；以情惬意，就不会违背自然之理。告诉那些讲究养生之道的人们，不妨试用这种道理去推求探索。

登临海峤初发强中作与

从弟惠连见羊何共和之 [1]

谢灵运

杪秋寻远山 [2]，山远行不近。与子别山阿，含酸赴修轸 [3]。中流袂就判 [4]，欲去情不忍。顾望脰未悁 [5]，汀曲舟已隐。隐汀绝望舟 [6]，鹜棹逐惊流 [7]。欲抑一生欢，并奔千里游。日落当栖薄 [8]，系缆临江楼。岂惟夕情敛 [9]，忆尔共淹留 [10]。淹留昔时欢，复增今日叹。兹情已分虑 [11]，况乃协悲端 [12]。秋泉鸣北涧，哀猿响南峦。戚戚新别心，凄凄久念攒 [13]。攒念攻别心，且发清溪阴。暝投剡中宿 [14]，明登天姥岭 [15]。高高入云霓，还期哪可寻？倘遇浮丘公 [16]，长绝子徽音 [17]。

【注释】

〔1〕诗题谓谢灵运要去登攀临海的山峰，从强中出发时写此诗给堂弟谢惠连，惠连若遇见羊璿之、何长瑜，也请二人以此诗相和。临海：地名，在今浙江临海县一带。峤：山峰。强中：地名。羊何：即羊璿之、何长瑜，他们都是谢灵运的好朋友。

〔2〕杪秋：晚秋。杪（miǎo）：树梢。

〔3〕修轸：长路。轸应为畛，即田间小路。

〔4〕此句：同舟行至中途分手。判：分。

〔5〕脰（dòu）：颈项。悁（yuān）：疲。

〔6〕隐汀：船为汀所遮望而不见。汀：水边平地。

〔7〕鹜棹：形容尽力划桨让船行如飞。

〔8〕栖薄：停泊。

〔9〕敛：收。

〔10〕淹留：停留。

〔11〕分虑：思想纷乱。

〔12〕协悲端：处在悲秋之中。

〔13〕攒：聚集。

〔14〕暝：夜。剡中：剡县，今浙江嵊县。

〔15〕天姥（mǔ）：山名，在今浙江新昌县东。

〔16〕浮丘公：传说中黄帝时的仙人。

〔17〕子：你。徽音：美好的音讯。

【译文】

我在这晚秋季节登攀远山，山在远处路程十分遥远。我和你一同离开了山湾，含着心酸踏上狭长的小路。同舟行至中途我们相互告别，即将离去总有点舍不得。回头相望还未感到脖颈酸软，水岸弯弯已经把视线遮拦。不见行船遮断了我的望眼，桨橹迅疾追逐着奔腾的急流。我真想放弃这平生的爱好，和你相随与浪迹天涯。日落时候船儿停泊靠岸，系好船缆登上临江的高楼。难道因为晚景渐没而中断思念之情，正是为了好把相处时的情形回首。我回忆起往昔相处的欢乐，更增添了今日的悲叹。这种情绪已使我思绪纷乱，何况又处于这悲凉的秋天。秋水淙淙响于北面的山涧，猿声哀哀鸣叫在南面的山峦。才告别友人心上笼着愁绪，凄凉之感在心头久久不散。浓凝的悲愁袭击着离别之心，早上又出发于清溪南面。晚上将在剡中投宿，第二天将去攀登天姥山。天姥山高高耸入云端，山高路迷恐难寻路归还。如果遇上仙人浮丘公，我将永远得不到你的佳音。

休沐重还道中 〔1〕

谢　朓

薄游第从告，思闲愿罢归 〔2〕。还邛歌赋似，休汝车骑非 〔3〕。霸池不可别 〔4〕，伊川难重违。汀葭稍靡靡，江葓复依依 〔5〕。田鹤远相叫，沙鸨忽争飞 〔6〕。云端楚山见，林表吴岫微 〔7〕。试与征徒望，乡泪尽沾衣。赖此盈樽酌，含景望芳菲。问我劳何事？沾沐仰清徽。志狭轻轩冕[8]，恩甚恋重闱。岁华春有酒，初服偃郊扉[9]。

【注释】

〔1〕此诗作于休假时，极言休闲之美。休沐：休假，沐：洗头；古代五天一休假；道中：指往丹阳的途中。

〔2〕薄：发语词；第：且，但；罢归：官员卸任回家。

〔3〕邛：临邛，在四川，司马相如曾住此地，歌赋：指司马相如在临邛以歌挑逗卓文君之事；似：相类，休：休假；汝：汝南郡，车骑：指汝南郡人濮阳县令袁绍在休假时回汝南，有许多车马随从，当袁绍刚一踏上汝南地界，立刻想起汝南郡有位许劭，是有名的贤人，不便于惊扰，于是，便轻装简从回家了，把跟随的大队人马全打发了回去。此二句诗，说作诗写赋，很像司马相如去临邛的样子；而休假时轻车简从却与袁绍不一样。

〔4〕霸池：霸陵的池水，在长安。

〔5〕葭：芦苇，菼(tǎn)：荻。

〔6〕鸨：水鸟，不善飞而善走，比雁大，背上有黄褐色或黑色斑纹。

〔7〕表：外。

〔8〕轩冕：车子与帽子，是富贵人的享受。

〔9〕初服：没当官时的衣服，此可作便服解。

【译文】

短暂出游且把休假来请，想着闲散愿暂罢职回归。回到临邛歌赋近似相如，休假汝南亦无袁绍车骑。霸池不可与之长久分别，伊川很难与之深相背违。小洲芦苇逐渐随风倾倒，江边荻草也正轻轻披拂。田中野鹤远远引颈鸣叫，沙洲大雁忽地争相翩飞。云头之上楚山倏地显现，树林之外吴山隐约幽微。试与随从纵目四野怅望，衣服上落满了思乡之泪。凭藉此情且把酒杯斟满，面对春色凝望花艳草美。要问我在为了何事辛劳？蒙受恩泽仰慕清正品格。志向狭小不重轩车冕服，恩重非常眷恋深宫重闱。正当春时又有酒在身边，穿上旧服躺卧郊野屋内。

游 东 田[1]

谢 朓[2]

　　戚戚苦无悰，携手共行乐[3]。寻云陟累榭，随山望菌阁[4]。远树暧阡阡，生烟纷漠漠[5]。鱼戏新荷动，鸟散余花落[6]。不对芳春酒，还望青山郭[7]。

【注释】

　　〔1〕东田：地名，在建康（今南京）钟山下。史载："文惠太子立楼馆于东山下，号曰东田。"（《南史·郁林王记》）

　　〔2〕谢朓（464－499）：字玄晖，南齐陈郡阳夏（今河南太康）人，史称他少好学，有美名，性和美，文章清丽，善隶书，永明体的代表作家。其诗以写山水见长。因与刘宋时的山水诗人谢灵运同族，故后世称谢灵运为"大谢"，谢朓为"小谢"。

　　〔3〕戚：忧愁。悰（cōng）：乐。行乐：指游东田。

　　〔4〕陟：升、登。累：重叠，一层一层的。榭：台上所建的敞屋。菌：菌桂，香草名。这里形容楼阁华美。

　　〔5〕暧：昏暗，不明。阡阡：同"芊芊"，茂盛的样子。生烟：新起来的烟雾。漠漠：弥漫，散布。

　　〔6〕余花：枝上的残花。

　　〔7〕青山郭：青山城郭，泛指东田所见美景。

【译文】

　　心里忧愁而没有欢乐，和友人携手共游东田。追寻流云登上层层台榭，沿山攀行远远看到华美的楼阁。远处的树木葱葱郁郁，新烟生起又纷纭缭绕。鱼儿戏水，新开的荷花轻轻晃动，鸟儿离枝，树上的残花纷纷飘落。不用去饮那香醇的美酒，要散愁解闷还得观赏这青山绿城郭。

郡内高斋闲坐答吕法曹[1]

谢　朓

结构何迢遰[2]，旷望极高深[3]。窗中列远岫[4]，庭际俯乔林[5]。日出众鸟散，山暝孤猿吟[6]。已有池上酌，复此风中琴。非君美无度，孰为劳寸心？惠而能好我，问以瑶华音[7]。若遗金门步[8]，见就玉山岑[9]。

【注释】

〔1〕郡：指宣城郡。吕法曹：谢朓友人，不详。

〔2〕结构：结连构架以成屋宇，即建造、建筑。迢遰（dì）：高貌。遰，同"递"。

〔3〕旷：远。

〔4〕岫：峰峦。

〔5〕庭际：庭院四周。

〔6〕暝：日落。

〔7〕问：同"遗"（wèi），赠。

〔8〕金门：金马门，汉代征士待诏之处。

〔9〕玉山：即群玉山，传说中西王母所居的仙山。

【译文】

这屋宇的结构多么高远，放眼远望可看遍高山河流。窗口面对着远处的峰峦，庭院周围可俯瞰附近的树林。日出时看云际众鸟飞散，黄昏后听深山孤猿哀鸣。刚刚在池塘边饮酒，又听到风中传来的琴声。若不是你有无限的美意，又怎会真心陪我，你如此惠顾，真诚待我，送给我珍贵的问候。如果有一天离开金门，相见处将是那王母的玉山之顶。

暂使下都夜发新林至京邑赠西府同僚[1]

谢　朓

　　大江流日夜，客心悲未央[2]。徒念关山近[3]，终知返路长。秋河曙耿耿[4]，寒渚夜苍苍。引领见京室[5]，宫雉正相望[6]。金波丽鳷鹊[7]，玉绳低建章[8]。驱车鼎门外[9]，思见昭丘阳[10]。驰晖不可接[11]，何况隔两乡。风云有鸟路，江汉限无梁[12]。常恐鹰隼击[13]，时菊委严霜[14]。寄言蔚罗者[15]，寥廓已高翔。

【注释】

〔1〕暂使下都：指谢朓因小人密告而奉齐武帝之令由荆州随王府还都。都、京邑均指南齐都城建康，即今南京。新林：浦名，在今南京西南。西府：指萧子隆的荆州随王府。

〔2〕未央：未尽。

〔3〕关山：指京城近郊的山。

〔4〕秋河：秋夜的银河。耿耿：明亮。

〔5〕引领：伸颈。

〔6〕宫雉：宫墙。

〔7〕金波：月光。丽：附着，照耀。鳷（zhī）鹊：汉观名，借指齐朝宫殿。

〔8〕玉绳：星名。建章：汉宫名，亦是借指金陵宫殿。

〔9〕鼎门：相传周成王定鼎于郏鄏（今河南洛阳西），名南门为定鼎门。这里借指建康南门。

〔10〕昭丘：楚昭王墓。在荆州当阳县东。阳：太阳。

〔11〕驰晖：指太阳。

〔12〕梁：桥梁。

〔13〕鹰隼（sǔn）：两种猛禽。这里比喻谗佞邪恶势力。

〔14〕委：枯萎，凋零。

〔15〕蔚（wèi）罗者：张设罗网的人。指恶语中伤者。

【译文】

　　日夜不停地奔腾的长江，就如心中无尽的愤懑悲伤。远远地看见京城近郊的山，心里知道回荆州的路越来越远。秋空中曙色已透露微光，清寒的江渚上夜色仍是一片苍茫。抬起头能看见建康京城，连绵的宫墙隐约可见。月光照亮了鸤鹊殿，玉绳在低于建章宫的夜空闪烁着光芒。车已到京城的南门之外，心仍在楚昭王陵墓近旁。荆州的太阳光难照我身，更何况荆州人隔在远方。长空里虽有风云，但飞鸟仍可翱翔，江汉水阻住行人只因为没有桥梁。常顾虑鹰与隼突然袭击，也担心重阳菊枯于严霜。到如今寄语于张网之人，鸟儿已展翅凌云飞翔。

晚登三山还望京邑 〔1〕

谢　朓

　　灞涘望长安，河阳视京县〔2〕。白日丽飞甍〔3〕，参差皆可见。余霞散成绮，澄江静如练〔4〕。喧鸟覆春洲，杂英满芳甸〔5〕。去矣方滞淫〔6〕，怀哉罢欢宴。佳期怅何许，泪下如流霰〔7〕。有情知望乡，谁能鬒不变〔8〕。

【注释】

　　〔1〕此诗写登山所见及所思。三山：南京西南，长江南岸，山有三峰。京邑：京城，指南京。
　　〔2〕灞涘：灞水边。河阳：县名，在河南孟县西。京县：指京城洛阳。
　　〔3〕飞甍：飞耸的屋脊。甍（méng），屋脊。
　　〔4〕绮：锦缎。练：白绸。
　　〔5〕英：花。甸：郊野。
　　〔6〕滞淫：久留。
　　〔7〕霰：小雪珠。
　　〔8〕鬒（zhěn）：黑发。

【译文】

　　像王粲那样登上灞陵遥望长安，又

像潘岳那样在河阳远眺洛阳，我登上三山回望京城。阳光下高耸的屋脊更为明丽。高低参差清晰可见。晚霞铺展开像一片美丽的彩锦，江水澄澈得如一匹静谧的白练。喧闹的鸟儿落满江中的小洲，各种野花开遍芳香的郊野。我将要远离京城滞留他乡，怀恋故乡啊，停止热闹的欢宴。何时能再回那日夜萦怀的京都啊，归期遥遥我涕泪纷飞。那些真正能体味到怀乡之愁的人们啊，谁能不忧伤得白了黑发？

公 宴 诗〔1〕

王 粲

昊天降丰泽，百卉挺葳蕤。凉风撤蒸暑，清云却炎晖。高会君子堂，并坐荫华榱〔2〕。嘉肴充圆方〔3〕，旨酒盈金罍。管弦发徽音〔4〕，曲度清且悲。合坐同所乐，但愬杯行迟〔5〕。常闻诗人语，不醉且无归。今日不极欢，含情欲待谁？见眷良不翅〔6〕，守分岂能违〔7〕。古人有遗言，君子福所绥〔8〕。愿我贤主人，与天享巍巍。克符周公业，奕世不可追〔9〕。

【注释】

〔1〕此诗描写参加曹操举行的宴会盛况，对曹操多有祝颂之辞。

〔2〕华榱：装饰豪华的柱子。

〔3〕圆方：圆形、方形的器皿。

〔4〕徽：美。

〔5〕愬：同诉，说。

〔6〕见眷：受重视。翅：同啻，不翅犹不止。

〔7〕守分：安分守己。

〔8〕绥：安。

〔9〕奕世：累世。

【译文】

炎热的暑天降下一场甘霖，百草如洗挺拔而清新。阵阵凉风吹散了炎热，清云舒卷为日遮荫。恩泽所披华屋生辉，曹公大宴宾客群臣。山珍海味堆满了盘碗，美酒溢香斟满了金樽。丝竹演奏着美妙的乐曲，泠泠音声凄楚而动人。酒过三巡精神格外振奋，大家都说无妨举杯频频。古代诗人曾经说过，不醉不得打回程。如果今天酒不尽兴，这份欢乐留给谁人？曹公对大家垂怜厚爱，我们也不要越出常分。古人有语说得好，有福有禄王者安宁。祝愿敬爱的主人：洪福齐天永享太平。像周公辅弼一样，千秋万代无与伦比。

从军诗五首（一）〔1〕

王粲

从军有苦乐，但闻所从谁。所从神且武，焉得久劳师〔2〕？相公征关右〔3〕，赫怒震天威。一举灭獯虏，再举服羌夷〔4〕。西收边地贼，忽若俯拾遗。陈赏越丘山，酒肉逾川坻。军人多饫饶〔5〕，人马皆溢肥。徒行兼乘还，空出有余资〔6〕。拓地三千里，往返速若飞。歌舞入邺城〔7〕，所愿获无违。尽日处大朝，日暮薄言归。外参时明政，内不废家私。禽兽惮为牺，良苗实已挥〔8〕。不能效沮溺，相随把锄犁〔9〕。孰览夫子诗，信知所言非〔10〕。

【注释】

〔1〕此诗作于建安二十年（215）三月，曹操西征张鲁，王粲当时官侍中，跟随出征，作从军诗，歌颂曹操率军出征。

〔2〕师：军队。

〔3〕相公：曹操任丞相，所以有此称呼。关右：关西，函谷关以西。

〔4〕獯：古代狎猊族别称为獯鬻。羌夷：即羌族。

〔5〕饫饶：特别饱。

〔6〕兼乘：两辆车。资：钱财。

〔7〕邺城：曹操的政治中心。

〔8〕牺：牺牲，上供用的牲畜。挥：同辉，指果实颗粒饱满之形。

〔9〕沮溺：长沮、桀溺，春秋时的两位隐士。把：拿，持。

〔10〕夫子诗：指孔子应邀去晋国，到黄河边时，听说晋国的大夫窦犨被杀，于是，打消了去晋国的念头，掉转车头，并吟诗一首："翱翔于卫，复我旧居，从吾所好，其乐只且"。所言非：孔子此诗表示了隐居不仕之志，王粲认为这不符夫子精神。

【译文】

参加军旅既有苦也有乐，只看你跟随的主帅是谁。所跟的主帅神明而勇武，哪会长时间让部队劳苦？相公征讨关西一带地区，勃然大怒震动上天神威。一举消灭了西北的獯虏，再举将反叛的羌人降服。西边擒获了边地的反贼，快得就像弯腰拾起东西。赏赐陈列起来超过丘山，酒肉多得超过河流高地。军中大多吃得酒足饭饱，人和战马无不增膘长肥。步行去的牵回两匹战马，空手走的有了剩余物资。新开拓的地盘有三千里，往返迅速就像鸟儿翩飞。载歌载舞凯旋回到邺城，所愿有了收获而无违背。白日整天都在朝中值班，太阳落山又急忙把家回。在外参与谋划清明时政，在内也不耽误家中私事。飞禽走兽害怕成为牺牲，田中良苗已在摇头摆尾。决不能效法长沮和桀溺，相随隐居手握锄犁种地。细细观览夫子所吟诗句，深知这种说法不对。

从军诗五首（三）

王　粲

从军征遐路〔1〕，讨彼东南夷〔2〕。方舟顺广川〔3〕，薄暮未安坻〔4〕。白日半西山，桑梓有余晖。蟋蟀夹岸鸣，孤鸟翩翩飞〔5〕。征夫心多怀，恻怆令吾悲〔6〕。下船登高防〔7〕，草露沾我衣。回身赴床寝，此愁当告谁？身服干戈事〔8〕，岂得念所私〔9〕。即戎有授命〔10〕，兹理不可违。

【注释】

〔1〕遐路：远路。

〔2〕东南夷：指孙吴。

〔3〕方舟：两船并在一起称方舟。

〔4〕薄暮：傍晚。未安坻（chí迟）：谓未靠岸停泊。坻：水中小洲或高地。

〔5〕翩翩：鸟飞轻疾貌。

〔6〕恻怆：悲伤。恻，《节文类聚》五十九、《乐府诗集》三十并作"凄"。

〔7〕防：堤岸。"登高防"是为了遥望故乡。

〔8〕服：从事，担负。干戈事：指战事。

〔9〕所私：李善注："情所亲也。"指怀念家乡和亲人的感情。

〔10〕即戎：奔赴战场作战。《论语·子路》："善人教民七年，亦可以即戎矣。"授命：献出生命。《论语·宪问》："见利思义，见危授命，久要不忘平生之言，亦可以为成人矣。"

【译文】

随军千里去征战，讨伐那盘踞东南的孙权。船船相并沿着大江而下，夜晚将至还未抵岸。眼前太阳半落西山，林梢上尽是夕阳的余晖。两岸的蟋蟀之声此起彼伏，江上的孤鸟翩翩飞翔。征夫的心中有所思念，凄凄怆怆让我哀伤。走下战船登上那高处的阵地，草叶上的夕露碰湿了衣衫。回身赴帐上床休息，我心中的苦闷诉给何人？既然自己已参加了战斗，怎么能时时挂念一己之私？参加战争就应服从命令，这种道理怎可违背！

从军诗五首（四）

王 粲

朝发邺都桥，暮济白马津〔1〕。逍遥河堤上，左右望我军。连舫逾万艘，带甲千万人〔2〕。率彼东南路，将定一举勋。筹策运帷幄，一由我圣君。恨我无时谋〔3〕，譬诸具官臣。鞠躬中坚内，微画无所陈。许历为完士，一言独败秦。我有素餐责〔4〕，诚愧伐檀人。虽无铅刀用〔5〕，庶几奋薄身。

【注释】

〔1〕济：渡河。白马津：渡口，在今河南滑县东。

〔2〕带甲：指全副武装的战士。甲，古代军人所穿的用皮革或金属片做的护身衣。千万人：极言其多。

〔3〕恨：《艺文类聚》五十九作"限"。时谋：适时合用的计谋。

〔4〕素餐责：谓无功受禄的责任。

〔5〕铅刀：铅质的刀，言其不锋利。《后汉书·班超传》："况臣奉大汉之威，而无铅刀一割之用乎？"

【译文】

　　早晨军队从邺都桥出发，傍晚时分已渡过白马津。悠然地漫步在河堤之上，左顾右盼前进中的我军。相连的战船超过一万艘，披甲的将士足有千万人。沿着朝东南的道路开进，将建立一举获胜的功勋。在帷幄之中把良策筹画，全靠我足智多谋的圣群。只恨我没有适宜的计谋，就像那备位充数的朝臣。恭谨地在重要部门任职，连个小计谋也不曾上陈。许历是一个普通的军士，还靠一句话打败了秦军。我负有无功受禄的责任，确实愧对有功的伐檀人。虽没有铅刀一割的用处，或还能震奋起微薄之身。

从军诗五首 （五）

王 粲

　　悠悠涉荒路〔1〕，靡靡我心愁〔2〕。四望无烟火，但见林与丘。城郭生榛棘，蹊径无所由。藋蒲竟广泽，葭苇夹长流。日夕凉风发，翩翩漂吾舟。寒蝉晨树鸣，鹳鹄摩天游。客子多悲伤，泪下不可收。朝入谯郡界〔3〕旷然消人忧。鸡鸣达四境〔4〕，黍稷盈原畴。馆宅充廛里，女士满庄馗。自非圣贤国，谁能享斯休？诗人美乐土〔5〕，虽客犹愿留。

【注释】

〔1〕悠悠：远貌。《诗经·小雅·黍苗》："悠悠南行，召伯劳之。"涉：

本指徒步渡水，这里为行进之意。

〔2〕靡靡：迟迟，迟缓。《诗经·王风·黍离》："行迈靡靡，中心摇摇。"

〔3〕谯郡：东汉末分沛国地置，治谯县（今安徽亳州市）。谯为曹操故乡，在当时经济恢复较快。

〔4〕四境：指四方郡界。《孟子·公孙丑下》："鸡鸣狗吠相闻，而达乎四境，而齐有其民矣。"

〔5〕美：赞美。乐土：安乐幸福的地方。《诗经·魏风·硕鼠》："逝将去女，适彼乐土。乐土乐土，爰得我所。"

【译文】

跋涉在漫漫的荒野之路，行步迟迟我满心忧愁。四面环望不见人家烟火，看见的只有那荒林野丘。城郊长遍了榛丛棘刺，小道荒没不知从哪里去走。野荻野蒲遮满了大泽，两岸芦苇夹住了长流。日落时刻凉风吹起，轻轻为我漂送行舟。寒秋之蝉在树头鸣叫，鹔鹴高飞擦天而游。游子的心头有许多悲伤，泪水不落下纷纷难收。早上进入了谯郡境地，豁然叫人解除了烦忧。雄鸡唱晓传遍了四境，高粱糜子充满了田畴。城里镇上屋舍遍布，男男女女行走街头。如果不是有圣贤治国，谁能够将这福分享受？古时的诗人曾称美乐土，虽是行客我也愿在此长留。

伤 歌 行 〔1〕

汉乐府民歌

昭昭素明月，辉光烛我床〔2〕。忧人不能寐，耿耿夜何长〔3〕！微风吹闺闼〔4〕，罗帷自飘扬。揽衣曳长带〔5〕，屣履下高堂〔6〕。东西安所之？徘徊以彷徨〔7〕。春鸟翻南飞，翩翩独翱翔。悲声命俦匹〔8〕，哀鸣伤我肠。感物怀所思，泣涕忽沾裳。伫立吐高吟，舒愤诉穹苍〔9〕。

【注释】

〔1〕伤歌行：乐府《杂曲歌辞》篇名，写离情别绪之作。

〔2〕烛：照。

〔3〕耿耿：内心不安的样子。

〔4〕闺闼：内室。闼：内门。

〔5〕揽衣：披衣。曳：拖。

〔6〕屣履：穿上鞋而不提上鞋跟。

〔7〕之：往。以：而。

〔8〕命：呼唤。俦匹：伴侣。

〔9〕穹苍：苍天。

【译文】

明月高悬洁白明亮，朗朗的清辉照耀着我独眠的床。愁人多思难以入睡，忧心不宁只觉漫漫夜长。微风轻轻吹进内室，掀起纱帐来回飘荡。披衣下床拖着裙带，拖着鞋子走下高堂。走东走西不知走到哪个方向，踱来踱去心内十分彷徨。春鸟振翅向南飞去，翩翩翻飞独自翱翔。声声悲鸣呼唤同伴，阵阵哀鸣令我心伤。触景生情想起亲人，潸然泪下沾湿衣裳。久久站立高声叹息，面向苍天倾诉愤懑衷肠。

长 歌 行 〔1〕

汉乐府民歌

青青园中葵〔2〕，朝露待日晞〔3〕。阳春布德泽，万物生光辉。常恐秋节至〔4〕，焜黄华叶衰〔5〕。百川东到海〔6〕，何时复西归？少壮不努力，老大徒伤悲。

【注释】

〔1〕《长歌行》：汉乐府曲调名，在《乐府诗集》中属《相和歌辞·平调曲》。

〔2〕葵：即冬葵，古人食用的一种蔬菜。

〔3〕晞（xī）：晒干。

〔4〕秋节：即秋季。

〔5〕焜（kūn）黄：叶子枯黄的样子。华：通"花"。

〔6〕百川：泛指江河。

【译文】

　　园中葵叶青青，叶片上的露珠正等待着阳光的照耀。明媚的春天使万物生长，散布着大自然的恩泽，闪耀着生命的光辉。时常忧虑秋天的来临，那时青绿的叶儿也将枯黄凋零。时光流逝不返，宛如东流入海的百川，何时能流回西边？青春年少时不及时努力，待到老大一事无成，惟有徒然伤悲。

怨 歌 行

班婕妤

　　新裂齐纨素[1]，皎洁如霜雪。裁为合欢扇[2]，团团似明月。出入君怀袖，动摇微风发[3]。常恐秋节至，凉飚夺炎热[4]。弃捐箧笥中[5]，恩情中道绝[6]。

【注释】

　　[1] 裂：截断。指从织机上把纨素截下来。齐纨素：齐国产的白绢。此处指生绢。
　　[2] 合欢扇：即一种圆形的扇子，谓其形如两扇之合。
　　[3] "出入"二句：李善注："此谓蒙恩幸之时也。"
　　[4] 飚：疾风。夺：取代。
　　[5] 箧笥（sì）：竹箱。
　　[6] 中道：中途。

【译文】

　　从织机上新裁下生绢，它洁白妍丽如同霜雪一样。用它缝制成合欢团扇，象轮浑圆浑圆的明月。出入常伴随君的身侧，轻轻摇动就送来阵阵微风。常常担心秋天的到来，凉爽的秋风就会驱走夏日的炎热。这把团扇也就被遗弃在箱子里，往日的恩情也从此半路断绝。

饮马长城窟行[1]

汉乐府民歌

青青河畔草[2]，绵绵思远道[3]。远道不可思[4]，夙昔梦见之[5]。梦见在我傍，忽觉在他乡[6]。他乡各异县，展转不相见[7]。枯桑知天风，海水知天寒[8]。入门各自媚[9]，谁肯相为言[10]！客从远方来，遗我双鲤鱼[11]。呼儿烹鲤鱼[12]，中有尺素书[13]。长跪读素书[14]，书中竟何如？上言加餐食[15]，下言长相忆[16]。

【注释】

〔1〕乐府是汉武帝时设立的掌管宫廷所用音乐，并兼采民间谣曲的机关。后来人们将文人创作的用以入乐演唱的歌辞和民间歌辞，统称之为乐府诗。汉代的乐府诗，是我国文学史上的一份宝贵遗产。《饮马长城窟行》又名《饮马行》，是汉乐府的曲调名，在《乐府诗集》中属《相和歌辞·瑟调曲》。行：古歌辞的一种。

〔2〕青青：草茂盛的样子。

〔3〕绵绵：双关状词，细密绵延的野草引起了缠绵不断的思念。

〔4〕远道不可思：这句是无可奈何的反语，言人在远方，相思徒然。

〔5〕夙昔：昨夜。

〔6〕觉：醒。

〔7〕展转：反复，指自己翻来覆去地思量。

〔8〕"枯桑"二句：民歌中常用的比兴手法，言无叶的枯桑也能感到风吹，不冻的海水也能感到天寒，我岂不知自己的孤凄、相思之苦？

〔9〕媚：爱悦。

〔10〕言：问讯。

〔11〕遗（wèi）：赠与。双鲤鱼：指放书信的鲤鱼形木匣，用两块木板制成，一底一盖，分开像两条鲤鱼。

〔12〕烹：犹言剖开。

〔13〕素：生绢，古人在绢上写字。尺素书，即书信。

〔14〕长跪：伸直了腰跪着，古人席地而坐，坐时两膝着地，坐在脚后跟上，跪时将腰挺直，上身就显得长了。

〔15〕上言：前边说。

〔16〕下言：后面说。

【译文】

河畔上草色青青延向远方，引起我对远方亲人的绵绵思念。人在远方只是徒然相思，昨夜梦中却忽然和他会面。梦见他呀就在身旁，梦中惊醒才知他仍在他乡。他乡相隔各在不同的郡县，反反复复地思念难以相见。黄叶落尽的桑树呀也知道风吹，不结冰的海水呀也知道天寒。远归的邻人各与妻儿欢笑，谁肯与我说几句宽慰之言！有位远方归来的客人，他带给我一个鲤鱼状的木匣。叫孩儿快快打开木匣，里面有封写在白绢上的信笺，恭恭敬敬地长跪着读这绢笺，看亲人在信中都说了些什么。前边叮嘱要注意身体多进饮食，后面说他会永远地把我思念。

赠秀才入军五首选一〔1〕

嵇 康

良马既闲〔2〕，丽服生晖〔3〕。左揽繁弱〔4〕，
右接忘归〔5〕。风驰电逝，蹑影追飞〔6〕。凌厉中
原〔7〕，顾眄生姿〔8〕。携我好仇〔9〕，载我轻车。
南凌长阜〔10〕，北厉清渠〔11〕。仰落惊鸿，俯引渊
鱼〔12〕。盘于游田〔13〕，其乐只且〔14〕。

【注释】

〔1〕秀才：汉以后设置的察举人才的科目之一，为避光武帝刘秀讳，一度也叫"茂才"。这里的"秀才"，指的是嵇康的哥哥嵇喜。嵇喜：字公穆，曾举秀才，为卫军司马。

〔2〕闲：同"娴"，熟习。

〔3〕丽服：这里指能熠熠生辉的铠甲之类的战袍。

〔4〕繁弱：良弓名。

〔5〕忘归：箭矢名。

〔6〕躡（niè）：追。景：同"影"。飞：指飞鸟。

〔7〕凌厉：奋行直前的样子。

〔8〕顾眄（miǎn）：顾是回望，眄是斜看。顾眄就是看的意思。眄：一作"盼"。

〔9〕好仇（qiú）：好友。仇，伙伴，朋友。

〔10〕阜（fù）：土山。

〔11〕厉：越过。渠：指河流。

〔12〕引：取。

〔13〕田：通"畋"。打猎。

〔14〕只且（jū）：语助词。

【译文】

　　骑着高大温顺的良马，穿上光艳生辉的军装。左手拉开繁弱良弓，右手搭上忘归之箭。利箭射出犹如风驰电掣，能够追着一掠而过的影子和翱翔高空的飞鸟。在这中原大地上跃马驰骋，左顾右盼，英姿雄发。携带上情投意合的好友，同乘轻车驰驱向前。南边登上长长的山坡，北边渡过清澈的河流。仰射长空惊飞的天鹅，俯钓深渊嬉戏的游鱼。盘桓游乐在田猎之中，其乐无穷啊不思回还。

答　傅　咸 [1]

郭泰机 [2]

　　皦皦白素丝 [3]，织为寒女衣 [4]。寒女虽妙巧，不得秉杼机 [5]。天寒知运速 [6]，况复雁南飞。衣工秉刀尺，弃我忽若遗。人不取诸身 [7]，世士焉所希 [8]？况复已朝餐，曷由知我饥 [9]。

【注释】

　　〔1〕答傅咸：这是作者入仕无门，想通过傅咸引见，却遭到拒绝后愤然而作。表达他空有才能，无处施展的愤慨和对士族门阀制度的不满。傅咸：当时的高官。

　　〔2〕郭泰机，生卒年不详，西晋河南郡（今河南洛阳一带）人。出身寒门，有才气，能诗。

〔3〕皦皦（jiǎo）：玉石之白，引申为明亮。

〔4〕织为：可以织为。寒女：指代有才能的寒门弟子。

〔5〕秉：持、握。杼机：织布机。杼，织布梭子。

〔6〕运速：时令变化快。

〔7〕取诸身：用设身处地的（态度）来看人。

〔8〕世士焉所希：应为"焉所希世士"。

〔9〕曷：怎么。此二句意为：达官贵人自己已有了权位，哪里还管寒门贤士呢？

【译文】

　　明亮如玉的丝绸，织成贫寒女儿穿的衣衫。贫寒女儿虽然织工巧妙，却不能操持织机一展手段。天寒时即知时令变化得迅速，何况空中有雁阵南迁。裁缝把持着尺子刀剪，把我这身怀巧技之人丢弃一边。人若不是知人善任，唯才是举，又怎能期望他会珍惜采用我这博学的人？更不用提那些领取俸禄饱食终日的朝官，怎么会知道贫贱之士忍饥受寒的痛苦？

青青河畔草

无名氏

　　青青河畔草，郁郁园中柳〔1〕。盈盈楼上女〔2〕，皎皎当窗牖〔3〕。娥娥红粉妆〔4〕，纤纤出素手〔5〕。昔为倡家女〔6〕，今为荡子妇〔7〕。荡子行不归，空床难独守。

【注释】

〔1〕郁郁：浓密茂盛的样子。

〔2〕盈盈：形容女子仪态美好。

〔3〕皎皎：白皙明洁，形容女子的肤色。牖：窗。

〔4〕娥娥：娇美。

〔5〕纤纤：细长。

〔6〕倡家女：从事歌舞的女艺人。

〔7〕荡子：游子，在外乡漫游的人。

【译文】

　　河畔的春草青青，园中的杨柳浓郁茂盛。楼上少妇临窗远眺，她姿容美好，肤色洁白，浓施粉黛，素手纤细。昔日她是以歌舞为生的女子，如今嫁作游子的妻子。在外的游子远行不归，她深闺寂寞难以长相独守！

十五从军征

无名氏

　　十五从军征，八十始得归。道逢乡里人："家中有阿谁〔1〕？""遥望是君家，松柏冢累累〔2〕。"兔从狗窦入〔3〕，雉从梁上飞。中庭生旅谷〔4〕，井上生旅葵。舂谷持作饭，采葵持作羹。羹饭一时熟，不知贻阿谁〔5〕。出门东向望，泪落沾我衣。

【注释】

　　〔1〕阿：发语词。阿谁：即谁。
　　〔2〕冢：高坟。累累：一个接一个的样子，形容很多。
　　〔3〕狗窦：狗洞。
　　〔4〕旅谷、旅葵：野生的谷子、葵菜。未经播种而生叫"旅生"。
　　〔5〕贻：送给。

【译文】

　　十五岁就从军出征，到八十岁才回到家乡。途中遇到家乡人，急忙探问："我家里还有什么人？""远远看上去那就是你的家，到处植满了松柏，遍地都是荒坟。"野兔从狗洞里蹿出，野鸡在屋梁上乱飞。庭院里长满野生的谷子，井周围爬满野生的葵菜。舂出野谷做成饭，采摘葵菜做成汤。饭菜一时都做熟了，却不知道送给谁吃，怅然走出门外向东张望，泪水流下落满我的衣裳。

出自蓟北门行〔1〕

鲍　照〔2〕

羽檄起边亭〔3〕，烽火入咸阳〔4〕。征骑屯广武〔5〕，分兵救朔方〔6〕。严秋筋竿劲〔7〕，虏阵精且强〔8〕。天子按剑怒，使者遥相望〔9〕。雁行缘石径〔10〕，鱼贯度飞梁〔11〕。箫鼓流汉思〔12〕，旌甲披胡霜〔13〕。疾风冲塞起，沙砾自飘扬。马毛缩如猬，角弓不可张〔14〕。时危见臣节〔15〕，乱世识忠良。投躯报明主，身死为国殇〔16〕。

【注释】

〔1〕出自蓟（jì）北门行：属汉乐府《杂曲歌辞》。这首诗写北方发生边警，朝廷派兵御敌，以及将士不畏严寒，誓死卫国的决心。蓟：古燕国都城，即今北京。

〔2〕鲍照（约414—466）：字明远，东海（今江西省涟水县北）人。曾做过秣陵令、中书舍人、前军参军等职，世称鲍参军。他生在乱世之中，由于出身贫寒，仕途上备受压抑，对刘宋王朝政治不满。他是宋代诗歌成就最高的诗人，诗歌内容丰富，社会意义较强。他的七言诗对后世诗体的发展起了很大作用。今传《鲍参军集》十卷。

〔3〕羽檄（xí）：古代的一种紧急事公文。檄：即公文，插上鸟羽以示急速。边亭：为守望敌人而设立在边境上的哨所。

〔4〕咸阳：在今陕西省。秦都城，后人用以泛指国家的首都。

〔5〕征骑（jì）：征集的骑兵。广武：在今山西省代县。

〔6〕朔方：郡名。在今内蒙古自治区境内。

〔7〕筋竿：弓弦和箭竿，指弓箭。劲：强有力。

〔8〕虏阵：敌人的阵营。

〔9〕遥相望：指接连不断派使者，使者在路上前后可以望见。以示战事之紧急。

〔10〕雁行：像雁飞行那样排成行。缘：沿着。

〔11〕鱼贯：像鱼在水中穿行，前后相连。飞梁：高架在河上的桥。

〔12〕箫鼓：指古代行军时演奏的军乐。流：表露。汉思：汉人的思想情感。

〔13〕旌甲：旌旗和铠甲。被：覆盖。

〔14〕角弓：饰有兽角的弓。张：拉开。

〔15〕节：节操。

〔16〕投躯：捐躯。国殇：为国牺牲的英雄。屈原《九歌·国殇》歌颂了为国牺牲的战士，后来就称为国牺牲的英雄为国殇。

【译文】

　　从边疆发来紧急公文，告急消息传入都城。征集骑兵屯居广武，分出兵力救援朔方。寒秋的弓箭坚硬有力，敌军的阵营精悍强大，来势凶猛。天子紧握宝剑龙颜大怒，接连派出使者前往督战。使者络绎不绝前后可以望见。军队沿着石径像雁一样成行而行，像鱼一样贯行穿过桥梁。箫鼓声传递着汉人的思想，旌旗和铠甲都蒙上边塞的白霜。疾风吹起，沙土满天飞扬。战马像刺猬一样蜷缩着身子，被冻僵的手拉不开弓箭。时事危难可看出大臣的节操，国逢乱世才可识出谁是忠良。投身战场报效英明的君主，战死边疆成为殉国的英雄。

拟行路难（其一）〔1〕

鲍　照

　　泻水置平地〔2〕，各自东西南北流〔3〕。人生亦有命，安能行叹复坐愁？酌酒以自宽，举杯断绝歌路难〔4〕。心非木石岂无感？吞声踯躅不敢言〔5〕。

【注释】

　　〔1〕《行路难》本是汉代歌谣，后已失传。《乐府解题》说："《行路难》备言世路艰难及离别悲伤之意。"鲍照依照它的本旨，共写了十九首。所选这首诗是十九首中的第四首，表达了作者在门阀制度压抑下内心的矛盾和无可奈何的不平之情。

　　〔2〕泻：倾倒（dǎo）。

　　〔3〕各自东西南北流：比喻同样的人，而门第高下、贫富贵贱不齐，使得每人的遭遇各有不同。

　　〔4〕举杯断绝歌路难：因举杯饮酒而中断了吟唱《行路难》。

〔5〕踯躅（zhí zhú）：徘徊不进的样子，这里指想说不说、欲言又止的样子。

【今译】

　　将水倾倒在平地上，它会朝四面分头流。人生命运有不同，怎能行时叹息坐时愁？何不借酒为自己宽心，举杯畅饮时会中断唱《行路难》的歌。心非木石岂能没有感受？无奈中只好忍气吞声不敢开口言。

拟行路难（其二）〔1〕

鲍　照

　　对案不能食，拔剑击柱长叹息。丈夫生世会几时，安能蹀躞垂羽翼〔2〕？弃置罢官去〔3〕，还家自休息。朝出与亲辞，暮还在亲侧。弄儿床前戏，看妇机中织。自古圣贤尽贫贱，何况我辈孤且直〔4〕。

【注释】

　　〔1〕这是鲍照"拟行路难"十九首中的另一首诗，语言精练，风格峭拔，表达了对当时门阀制度和社会现实的强烈愤慨。
　　〔2〕蹀躞（dié xiè）：小步走路的样子。垂羽翼：形容失意丧气的样子。
　　〔3〕弃置：一作弃檄，指扔下公文。
　　〔4〕孤：寒微势孤。

【今译】

　　面对几案我无心进食，拔剑击柱仰天长叹。大丈夫一生的好时光才有多久，怎么能窝窝囊囊垂头丧气！不如抛开功名弃官而去，回到家中休养生息。早晨出外与亲人道别，日暮归来在与亲人厮守。逗弄小孩在床前嬉戏，看着妻子在织布机上忙碌。自古圣贤摆脱不了贫贱，何况我这样孤立而又耿直！

嘲府僚诗

何长瑜[1]

陆展染鬓发[2]，欲以媚侧室。青青不解久[3]，
星星行复出[4]。

【注释】

〔1〕何长瑜（？—443）东海（今江苏涟水北）人。南朝宋诗人。初为谢惠连师，甚得谢灵运赞赏，誉之为"当今仲宣（王粲）"。

〔2〕陆展：诗人笔下一位上了年纪的府中官吏，不理政务，而精心修饰自己的容颜，为的是讨好年轻的小妾。

〔3〕青青：乌黑的头发。

〔4〕星星：黑发中夹杂的白发。

【今译】

陆展染黑头发，为的是取悦小妾。可惜满头乌发难以长久，点点白发很快又长了出来。

木 兰 辞

北朝民歌

唧唧复唧唧[1]，木兰当户织[2]。不闻机杼
声[3]，唯闻女叹息。问女何所思？问女何所忆？女
亦无所思，女亦无所忆。昨夜见军帖[4]，可汗大
点兵[5]。军书十二卷[6]，卷卷有爷名。阿爷无大
儿，木兰无长兄。愿为市鞍马[7]，从此替爷征。

东市买骏马，西市买鞍鞯[8]，南市买辔头[9]，
北市买长鞭。旦辞爷娘去[10]，暮宿黄河边。不闻

爷娘唤女声，但闻黄河流水鸣溅溅。且辞黄河去，暮至黑山头^{〔11〕}。不闻爷娘唤女声，但闻燕山胡骑鸣啾啾^{〔12〕}。

万里赴戎机^{〔13〕}，关山度若飞。朔气传金柝^{〔14〕}，寒光照铁衣。将军百战死，壮士十年归。

归来见天子，天子坐明堂^{〔15〕}。策勋十二转，赏赐百千强^{〔16〕}。可汗问所欲，"木兰不用尚书郎^{〔17〕}，愿借明驼千里足^{〔18〕}，送儿归故乡。"

爷娘闻女来，出郭相扶将^{〔19〕}，阿姊闻妹来^{〔20〕}，当户理红妆。小弟闻姊来，磨刀霍霍向猪羊^{〔21〕}。开我东阁门，坐我西阁床。脱我战时袍，著我旧时裳。当窗理云鬓^{〔22〕}，对镜帖花黄^{〔23〕}。出门看火伴，火伴皆惊惶^{〔24〕}。"同行十二年，不知木兰是女郎。"

雄兔脚扑朔，雌兔眼迷离^{〔25〕}。双兔傍地走，安能辨我是雌雄？

【注释】

〔1〕唧唧：叹息声。

〔2〕当户：对着门户。当，对着。

〔3〕杼（zhù）：织布机上的梭子。

〔4〕军帖：征兵文书。

〔5〕可汗（kè hán）：古代西域和北方各国对君主的称呼。

〔6〕军书：即上文的"军贴"。

〔7〕市：买。

〔8〕鞯（jiān）：马鞍下的垫子。

〔9〕辔（pèi）：马笼头。

〔10〕旦：一作"朝"。

〔11〕至：一作"宿"。黑山：即今河北省的天寿山（昌平附近）。

〔12〕燕山：指燕然山，今蒙古人民共和国之杭爱山。或谓即蓟北至辽西之燕山山脉。胡骑：指当时北方少数民族的骑兵。啾（jiū）：指马嘶声。"鸣"一作"声"。

〔13〕赴戎机：奔赴战地参予军机。

〔14〕朔气：北方的寒气。金柝（tuò）：刁斗，用铜制成，三足，有柄，夜间用作报更，日间可作锅用。

〔15〕明堂：天子听政、接见诸侯、选士等的地方。这里指皇帝理事的殿堂。

〔16〕策勋：记功。十二转：军功每加一级，官爵随升一等，谓之一转。十二转，极言官爵之高。赏赐：一作"赐物"。百千强：形容数量多。

〔17〕尚书郎：官名，尚书机关的侍郎。

〔18〕明驼：一种可行千里的骆驼。"愿借明驼千里足"一作"愿驰千里足"。

〔19〕郭：外城。相扶将：相互搀扶着。

〔20〕阿姊闻妹来：一作"阿妹闻姊来"。

〔21〕霍霍：急速的样子。

〔22〕云鬓：以云喻鬓发的飘逸柔美。

〔23〕花黄：六朝女子有黄额妆，后魏民间妇女有"黄眉黑妆"，约指"花黄"。

〔24〕火伴：伙伴。古代军队十人为一火，一起架锅做饭，所以称同火者为"火伴"。皆：一作"始"。惊惶：一作"惊忙"。

〔25〕扑朔：四脚爬搔。迷离：两眼眯缝，眼神不定。傍地走：贴着地面飞跑。

【译文】

　　声声叹息，叹息声声，木兰对着门窗织布。听不见那织布的声音，只听得见木兰在叹息。问木兰有什么思虑？问木兰有什么挂记？木兰本无什么思虑，木兰也无什么挂记。昨晚看到征兵文书，可汗正在大点兵丁。文书共有一十二卷，卷卷都有父亲的姓名。阿爹没有大的儿子，木兰也没有大哥长兄。我愿意到集市买办鞍马，从此代替父亲出征。

　　东市上去买骏马，西市上去买鞍垫，南市上去买笼头，北市上去买长鞭。早晨辞别爹娘出发，晚间宿营在黄河岸边。听不见爹娘呼唤女儿的声音，只听得黄河流水声溅溅。早晨离开黄河出发，晚间到达黑山山头。听不见爹娘呼唤女儿的声音，只听得燕山胡人骑兵声啾啾。

　　奔赴万里参予军机，关隘山川度越如飞。北风传来刁斗之声，寒光照着铠甲头盔。将军身经百战死于疆场，壮士出征十年回归朝里。

　　归来朝见天子，天子高坐殿上。记功封我高官，赏赐我丰厚的财宝。

可汗问我想要什么？"木兰不愿当尚书郎。愿借日行千里的骆驼，送我归还故乡。"

　　爹娘听说木兰归来，互相搀扶着迎出外城。姐姐听说妹妹归来，对着窗户梳理盛妆。小弟听说姐姐归来，急忙磨刀杀猪宰羊。打开我的东阁门儿，坐上我的西阁之床。脱掉我的战时袍褂，穿上我的旧时衣裳。对窗梳理如云鬓发，对着铜镜涂抹花黄。出得门来接待伙伴，伙伴一看都很惊慌。"我们同行一十二年，不知道木兰原来是女郎。"

　　公兔四脚乱动，母兔眼光迷离。两兔一起贴着地面飞跑，怎能辨别是雌是雄？

敕　勒　歌〔1〕

北朝乐府民歌

　　敕勒川〔2〕，阴山下〔3〕。天似穹庐〔4〕，笼盖四野。天苍苍，野茫茫，风吹草地见牛羊〔5〕。

【注释】

　　〔1〕敕勒：南北朝时期北方的一个少数民族。

　　〔2〕敕勒川：敕勒族居住的草原。

　　〔3〕阴山：山脉名，起于河套西北，绵亘于内蒙古自治区，和内兴安岭相接。

　　〔4〕穹庐：毡帐，今俗称蒙古包。

　　〔5〕见：同"现"。显露，出现。

【译文】

　　辽阔的敕勒大平原就在阴山脚下。天空像个巨大的帐篷，笼盖着整个原野。蔚蓝的天空一望无际，碧绿的原野茫茫不尽。一阵风儿吹过，牧草低伏，露出一群群正在吃草的牛羊。